Sueños y discursos de verdades descubridoras de abusos, vicios y engaños en todos los oficios y estados del mundo

Por

Francisco de Quevedo

Prólogo

Refiérese, no sé si por modo de cuento gracioso y ficticio, que estando una vez muy enfermo un soldado muy preciado de cortés y ladino, entre muchas de sus oraciones, plegarias y protestaciones que hacía, finalmente vino a rematarlas diciendo:

-Y Dios me libre de las manos del señor Diablo-, tratándole siempre con esta cortesía todas las veces que le nombraba. Reparó en esto último uno de los circunstantes, preguntándole juntamente luego por qué llamaba señor al diablo, siendo la más vil criatura del mundo. A que respondió tan presto el enfermo diciendo:

-¿Qué pierde el hombre en ser bien criado? ¿Qué sé yo a quién habré de menester ni en qué manos he de dar?

Digo esto, señor lector, porque supuesto que nuestra lengua vulgar, a diferencia de la latina, tiene un vuesa merced y otros varios títulos, mayormente cuando no se conoce la calidad y estado de la persona con quien se habla, por no parecer a nadie descortés, y por el consiguiente, malquisto y aborrecido de todos, me ha parecido tratar a v. m. con este lenguaje y término, bien diferente de cuantos yo he podido ver en todos los prólogos de los libros al lector escritos en romance, donde tratan a v. m. con un tú redondo, que si no arguye mucha amistad y familiaridad, por fuerza ha de ser argumento de que quien habla es superior y mandón, y a quien se habla inferior y criado.

Y hanme movido a esto las mismas razones del susodicho soldado enfermo, atendiendo y considerando a que es la cortesía la llave maestra para abrir la voluntad y afición, y la que costando poco vale mucho; y que, en resolución, no puedo perder nada en ser cortés, que antes entiendo perdería mucho si no lo fuese, que quien ha de menester es muy necio si regatea cortesías; y más yo, que tanto necesito de todos para que me compren este libro que saco a luz a mi costa, y para que, comprado y leído, me le alaben, con que de camino inciten y muevan unos a otros a que hagan lo mismo, y tenga con esto este libro lo que merece su bondad, y mayor expedición y corrida y yo mayor ganancia, para que con esto queden todos aprovechados, yo vendiendo y los otros comprando y leyéndole. Verdad sea que para esto último de que alaben estas obras de ingeniosas y agudas confío dará poco trabajo y ningún cuidado a los aficionados a ellas y a su autor; pues ellas propias se traen consigo la recomendación y alabanza y el Quevedo me fecit, porque son tales que solo tal autor podía hacer obras de tanta erudición y agudeza, y ellas por tener tanto de entrambas solo podían ser hijas de tal y tan raro ingenio, que si el autor es y debe ser conocido y celebrado por estas obras más que por cuantas ha hecho y se le han impreso hasta hoy en su nombre, ellas también quedan estimadas y calificadas por lo que son con sólo saber (como ya todos saben) que las hizo don Francisco Quevedo. Y con él y con ellas no me da tanto cuidado como podía darme una de las razones que me movió a tratar a v. m. con esta cortesía, considerando que no sé en qué manos ni en qué lenguas ha de dar este libro que sale ahora al teatro del mundo, donde nunca faltan censurantes y mal contentos, que con toda propiedad se llaman zoilos y críticos, días peligrosos a la salud de los buenos entendimientos, de quienes se puede entender lo que dijo el doctísimo jurisconsulto don Mateo López Bravo: «Ridendi vero, Romanuli, et Graeculi nostri, qui Gramaticorum infantia superbi, et omnium rerum quantum garruli, ignari, triplici lingua, stulti, a doctis noscuntur»; porque si v. m. las lee, no deprisa ni a pedazos sino de espacio y con atención todo él, pues no es muy grande, si no quiere que se le pasen algunas de sus muchas sutilezas y agudezas por alto y por entre renglones, soy más que cierto que no se quejará de que ellas y quien las hizo es parcial y aceptador de personas, sino que a todos habla y a todos dice la verdad clara y lisa, y lo que siente, sin rastro de lisonja; y si acaso escuece y pica, considere que no es sino solo porque cuanto se dice es verdad y desengaño, que todos le quieren y nadie por su casa, y así no hay sino paciencia y calle y callemos, que sendas nos tenemos. Y harto mejor fuera quejarse de las faltas tan grandes del mundo que movieron al autor a hablar tan claro contra ellas diciendo la verdad, que por eso dijo bien cierto alcalde que vio preso a un estudiante porque hizo una sátira en que decía las faltas del lugar, que harto mejor fuera haber preso a los que las tienen. Y cuando nada de esto baste a que deje de haber quien se queje y murmure de estas obras y de su autor, quiero hacer acordar a v. m., señor lector, sea quien fuere, aquel cuentecillo de cierto clérigo viejo que tenía una higuera con sus higos ya sazonados y maduros, a la cual subiendo unos estudiantes a hacerles declinar jurisdicción bucólica, pensando él, por ser corto de vista, que eran aves o algunas crueles sabandijas, puso en ella espantajos hasta conjurarlos; pero viendo que nada de esto aprovechaba, considerando cuán buenas son las oraciones mezcladas en piedras, armas primeras del mundo, se resolvió de tirarlas a estos tordos racionales diciendo que también Dios había dado virtud a las piedras como a las plantas y hierbas, y hízolo con tal denuedo que dio con ellos ramas abajo y muy bien descalabrados. Sin propósito parecerá a v. m. este cuento, y será o por no saberme yo bien explicar, o por no quererme v. m. entender, que no hay más mal sordo que el que no quiere oír; pero yo sé lo entenderá si ahonda un poco en sus sentidos varios que le puede dar, como en todo lo de este libro, y por si acaso quiere que yo lo explique, con ser así que frustra exprimitur, quod tacite subintelligitur, l. iam dubitari, dígole que si acaso no le obliga la cortesía y humildad con que le trato, mire lo que dice y cómo y de qué murmura y dice mal, si del autor del libro o de sus obras; y guárdese de alguna lluvia de piedras de las muchas verdades, duras y secas, que este libro tiene y su autor puede enviarle, que le descalabren y hagan caer de arriba abajo, quiero decir de su estado y buena opinión que tiene de sabio, y no haga le tengan por ignorante, murmurador y soberbio maldiciente y del número de unos necios que quieren parecer sabios en no haber libro que bien les parezca ni cosa de que no hagan burla y menosprecio. Y guárdense no les suceda a los tales lo que al asno de Sileno que puso Júpiter entre las estrellas, que por ser ellas tan resplandecientes y claras y él *auribus magnis*, como advirtió Luciano, descubrió más su disforme fealdad con gran infamia. Y adviertan que el epíteto del autor es el satírico. Y créanme y no errarán, que es más que temeridad echar piedras al tejado del vecino quien tiene el suyo de vidrio.

Y nadie se maraville de que llame a v. m. con este título, al parecer nuevo, de ilustre y deseoso lector, porque cuando no le mereciera por la doctrina común y sabida del filósofo, que todo hombre naturalmente desea saber, cosa que se alcanza con el estudio y atenta lección y meditación de los libros buenos, doctos, agudos, ingeniosos y claros, por sólo este libro, que lo es tanto como el que más, le merecía muy en particular, pues es el que ha sido tan deseado, así de cuantos han leído algo de estos Sueños y discursos, como de los que han oído referir y celebrar algunas o alguna de las innumerables agudezas que contienen, lastimándose de verlos ir manuscritos tan adulterados y falsos y muchos a pedazos y hechos un disparate sin pies ni cabeza, y tan desfigurados como el soldado desdichado que habiendo salido de su tierra para la guerra con bizarría, tallazo, galas y plumas, vuelve a ella después de muchos años más desgarrado y rompido que soldado, con un ojo menos, hecho un monóculo, medio brazo, con una pierna de palo, y todo él hecho un milagro de cera, bueno para ofrecido, con el vestido de la munición, sin color determinado, desconocido y roto, pidiendo limosna; o como la cortesana que ha corrida a Italia, Indias y la casa de Meca y del Gran Solimán. Por lo cual, cuantos han sabido que yo los tenía enteros y leídos por hombres doctos y entendidos con particular curiosidad y atención, me han solicitado con grandes instancias los hiciese comunes a todos dándolos a la impresión, asegurándome gran gusto y lo que más es, gran provecho espiritual para todos, pues en ellos hallarán desengaños y avisos de lo que pasa en este mundo y ha de pasar en el otro. Por todos, para estar de todo bien prevenidos, que *mala praevisa minus nocent*; con que me he resuelto a condescender con el gusto y deseo de tantos, confiado en que v. m., señor lector, me agradecerá este trabajo y gasto con comprarle, que con solo esto me daré por satisfecho y aun por pagado.

Y por la agudeza y sutil modo de hablar de este libro, porque no caiga en alguna equivocación, ruego a v. m. que antes de leerle corrija algunas erratas que van advertidas al principio del libro. Que también sería demasiada presunción y mucha particularidad pretender que saliese este libro sin ellas, siendo tan inevitables y incorregibles como los mismos impresores, que como a tales es mejor dejarles aherrojados con sus yerros y mentiras de molde. Y porque entienda v. m., señor lector, que le deseo toda honra y provecho, y guardarle de todo peligro, ruego a Dios Nuestro Señor le haga como el rey de las abejas, que contiene y da de sí por la boca la dulzura de la miel, y no tiene aguijón por no quedar muerto picando con él, como acontece a todas las demás abejas que te tienen, si bien en la cola y no en la boca; y le guarde de correctores de vidas y obras ajenas y sopladores de las suyas propias, que no se venden porque ellos venden en ellas a cuantos ven y tratan.

EL SUEÑO DEL JUICIO FINAL

Al conde de Lemos, presidente de Indias

A manos de V. Excelencia van estas desnudas verdades que buscan no quien las vista, sino quien las consienta, que a tal tiempo hemos venido que, con ser tan sumo bien, hemos de rogar con él. Prométese seguridad en ellas solas. Viva vuestra Excelencia para honra de nuestra edad.

DON FRANCISCO QUEVEDO VILLEGAS.

Los sueños dice Homero que son de Júpiter y que él los envía, y en otro lugar que se ha de creer. Es así cuando tocan en cosas importantes y piadosas o las sueñan reyes y grandes señores, como se colige del doctísimo y admirable Propertio en estos versos:

Nec tu sperne piis venientia somnia portis:

cum pia venerunt somnia, pondus habent

Dígolo a propósito que tengo por caído del cielo uno que yo tuve en estas noches pasadas, habiendo cerrado los ojos con el libro del Beato Hipólito de la fin del mundo y segunda venida de Cristo, lo cual fue causa de soñar que veía el Juicio Final. Y aunque en casa de un poeta es cosa dificultosa creer que haya juicio aunque por sueños, le hubo en mí por la razón que da Claudio en la prefación al libro 2 del Rapto, diciendo que todos los animales sueñan de noche como sombras de lo que trataron de día; y Petronio Arbitro dice:

Et canis in somnis leporis vestigia latrat

y hablando de los jueces:

Et pauidi cernunt inclusum chorte tribunal

Pareciome, pues, que veía un mancebo que discurriendo por el aire daba voz de su aliento a una trompeta, afeando con su fuerza en parte su hermosura. Halló el son obediencia en los mármoles y oído en los muertos, y así al punto comenzó a moverse toda la tierra y a dar licencia a los huesos, que andaban ya unos en busca de otros; y pasando tiempo, aunque fue breve, vi a los que habían sido soldados y capitanes levantarse de los sepulcros con ira, juzgándola por seña de guerra; a los avarientos con ansias y congojas, celando algún rebato y los dados a vanidad y gula, con ser áspero el son, lo tuvieron por cosa de sarao o caza. Esto conocía yo en los semblantes de cada uno y no vi que llegase el ruido de la trompa a oreja que se persuadiese que era cosa de juicio. Después noté de la manera que algunas almas venían con asco, y otras con miedo huían de sus antiguos cuerpos. A cuál faltaba un brazo, a cuál un ojo, y diome risa ver la diversidad de figuras y admiróme la providencia de Dios en que, estando barajados unos con otros, nadie por yerro de cuenta se ponía las piernas ni los miembros de los vecinos. Solo en un cementerio me pareció que andaban destrocando cabezas y que veía un escribano que no le venía bien el alma y quiso decir que no era suya por descartarse de ella.

Después ya que ha noticia de todos llegó que era el día del Juicio, fue de ver cómo los lujuriosos no querían que los hallasen sus ojos por no llevar al tribunal testigos contra sí los maldicientes las lenguas, los ladrones y matadores gastaban los pies en huir de sus mismas manos. Y volviéndome a un lado vi a un avariento que estaba preguntando a uno, que por haber sido embalsamado y estar lejos sus tripas no habían llegado, si habían de resucitar aquel día todos los enterrados, si resucitarían unos bolsones suyos. Riérame si no me lastimara a otra parte el afán con que una gran chusma de escribanos andaban huyendo de sus orejas, deseando no las llevar por no oír lo que esperaban, mas solos fueron sin ellas los que acá las habían perdido por ladrones, que por descuido no fueron todos. Pero lo que más me espantó fue ver los cuerpos de dos o tres mercaderes que se habían calzado las almas al revés y tenían todos los cinco sentidos en las uñas de la mano derecha.

Yo veía todo esto de una cuesta muy alta, al punto que oigo dar voces a mis pies que me apartase, y no bien lo hice cuando comenzaron a sacar las cabezas muchas mujeres hermosas, llamándome descortés y grosero porque no había tenido más respeto a las damas, que aun en el infierno están las tales sin perder esta locura. Salieron fuera muy alegres de verse gallardas y desnudas. Y que tanta gente las viese, aunque luego, conociendo que era el día de la ira y que la hermosura las estaba acusando de secreto, comenzaron a caminar al valle con pasos más entretenidos. Una que había sido casada siete veces, iba trazando disculpas para todos los maridos. Otra de ellas, que había sido pública ramera, por no llegar al valle no hacía sino decir que se le habían olvidado las muelas y una ceja, y volvía y deteníase, pero al fin llegó a vista del teatro, y fue tanta la gente de los que había ayudado a perder y que señalándola daban gritos contra ella, que se quiso esconder entre una caterva de corchetes, pareciéndole que aquella no era gente de cuenta aun en aquel día.

Divertiome de esto un gran ruido, que por la orilla de un río adelante venía gente en cantidad tras un médico (que después supe lo que era en la sentencia). Eran hombres que había despachado sin razón antes de tiempo, por lo cual se habían condenado, y venían por hacerle que pareciese, y al fin, por fuerza le pusieron delante del trono. A mi lado izquierdo oí como ruido de alguno que nadaba, y vi a un juez que lo había sido, que estaba en medio del arroyo lavándose las manos, y esto hacía muchas veces. Llegueme a preguntarle por qué se lavaba tanto y díjome que en vida, sobre ciertos negocios, se las habían untado, y que estaba porfiando allí por no parecer con ellas de aquella suerte delante la universal residencia. Era de ver una legión de demonios con azotes, palos y otros instrumentos, cómo traían a la audiencia una muchedumbre de taberneros, sastres, libreros y zapateros, que de miedo se hacían sordos, y aunque habían resucitado no querían salir de la sepultura. En el camino por donde pasaban, al ruido sacó un abogado la cabeza y preguntoles que a dónde iban, y respondiéronle, al justo juicio de Dios, que era llegado; a lo cual, metiéndose más ahondo, dijo:

-Esto me ahorraré de andar después, si he de ir más abajo.

Iba sudando un tabernero de congoja tanto que, cansado, se dejaba caer a cada paso, y a mí me pareció que le dijo un demonio:

-Harto es que sudéis el agua; no nos la vendáis por vino.

Uno de los sastres, pequeño de cuerpo, redondo de cara, malas barbas y peores hechos, no hacía sino decir:

-¿Qué pude hurtar yo, si andaba siempre muriéndome de hambre?

Y los otros le decían, viendo que negaba haber sido ladrón, qué cosa era despreciarse de su oficio. Toparon con unos salteadores y capeadores públicos que andaban huyendo unos de otros, y luego los diablos cerraron con ellos diciendo que los salteadores bien podían entrar en el número, porque eran a su modo sastres silvestres y monteses, como gatos del campo. Hubo pendencia entre ellos sobre afrentarse los unos de ir con los otros, y al fin juntos llegaron al valle. Tras ellos venía la Locura en una tropa con sus cuatro costados: poetas, músicos, enamorados y valientes, gente en todo ajena de este día. Pusiéronse a un lado, donde estaban los sayones, judíos y filósofos, y decían juntos, viendo a los sumos pontífices en sillas de gloria:

-Diferentemente se aprovechan los Papas de las narices que nosotros, pues con diez varas de ellas no vimos lo que traíamos entre las manos.

Andaban contándose dos o tres procuradores las caras que tenían y espantábanse que les sobrasen tantas habiendo vivido descaradamente. Al fin vi hacer silencio a todos.

El trono era donde trabajaron la omnipotencia y el milagro. Dios estaba vestido de sí mismo, hermoso para los santos y enojado para los perdidos, el sol y las estrellas colgando de la boca, el viento quedo y mudo, el agua recostada en sus orillas, suspensa la tierra temerosa en sus hijos; y cuál amenazaba al que le enseñó con su mal peores costumbres. Todos en general pensativos: los justos en qué gracias darían a Dios, cómo rogarían por sí, y los malos en dar disculpas. Andaban los ángeles custodios mostrando en sus pasos y colores las cuentas que tenían que dar de sus encomendados, y los demonios repasando sus tachas y procesos; al fin todos los defensores estaban de la parte de adentro y los acusadores de la de afuera. Estaban los Diez Mandamientos por guarda a una puerta tan angosta, que los que estaban a puros ayunos flacos aún tenían algo que dejar en la estrechura. A un lado estaban juntas las Desgracias, Peste y Pesadumbres dando voces contra los médicos. Decía la Peste que ella había herídolos, pero que ellos los habían despachado; las Pesadumbres, que no habían muerto ninguno sin ayuda de los doctores; y las Desgracias, que todos los que habían enterrado habían ido por entrambos. Con eso los médicos quedaron con carga de dar cuenta de los difuntos, y así, aunque los necios decían que ellos habían muerto más, se pusieron los médicos con papel y tinta en un alto, con su arancel, y en nombrando la gente luego salía uno de ellos y en alta voz decía:

-Ante mí pasó a tantos de tal mes, etc.

Comenzose por Adán la cuenta, y para que se vea si iba estrecha, hasta de una manzana se la pidieron tan rigurosa que le oía decir a Judas:

-¿Qué tal la daré yo, que le vendí al mismo dueño un cordero?

Pasaron los primeros padres, vino el Testamento Nuevo, pusiéronse en sus sillas al lado de Dios los Apóstoles todos con el santo pescador. Luego llegó un diablo y dijo:

-Éste es el que señaló con la mano al que San Juan con el dedo-; y fue el que dio la bofetada a Cristo. Juzgó él mismo su causa y dieron con él en los entresuelos del mundo.

Era de ver cómo se entraban algunos pobres entre media docena de reyes que tropezaban con las coronas, viendo entrar las de los sacerdotes tan sin detenerse. Asomaron las cabezas Herodes y Pilatos, y cada uno conociendo en el juez, aunque glorioso, sus iras, decía Pilatos:

-Esto se merece quien quiso ser gobernador de judihuelos-; y Herodes:

-Yo no puedo ir al cielo-, pues al limbo no se querrán fiar más de mí los inocentes con las nuevas que tienen de los otros que despaché; ello es fuerza de ir al infierno, que al fin es posada conocida.

Llegó en esto un hombre desaforado de ceño y alargando la mano dijo:

-Esta es la carta de examen.

Admiráronse todos y dijeron los porteros que quién era, y él en altas voces respondió:

-Maestro de esgrima examinado, y de los más diestros del mundo.

Y sacando otros papeles de un lado, dijo que aquellos eran los testimonios de sus hazañas. Cayéronsele en el suelo por descuido los testimonios y fueron a un tiempo a levantarlos dos diablos y un alguacil y él los levantó primero que los diablos. Llegó un ángel y alargó el brazo para asirle y meterle dentro, y él, retirándose, alargó el suyo y dando un salto dijo:

-Esta de puño es irreparable, y si me queréis probar yo daré buena cuenta.

Riéronse todos, y un oficial algo moreno le preguntó qué nuevas tenía de su alma; pidiéronle no sé qué cosas y respondió que no sabía tretas contra los enemigos de ella. Mandáronle que se fuese por línea recta al infierno, a lo cual replicó diciendo que debían de tenerlo por diestro del libro matemático, que él no sabía qué era línea recta; hiciéronselo aprender y diciendo: «Entre otro», se arrojó.

Y llegaron unos despenseros a cuentas (y no rezándolas) y en el ruido con que venía la trulla dijo un ministro:

-Despenseros son.

Y otros dijeron:

-No son.

Y otros:

-Sí son.

Y dioles tanta pesadumbre la palabra «sisón», que se turbaron mucho. Con todo, pidieron que se les buscase su abogado, y dijo un diablo:

-Ahí está Judas, que es apóstol descartado.

Cuando ellos oyeron esto, volviéndose a otro diablo que no se daba manos a señalar ojos para leer, dijeron:

-Nadie mire y vamos a partido y tomamos infinitos siglos de purgatorio.

El diablo, como buen jugador, dijo:

-¿Partido pedís? No tenéis buen juego.

Comenzó a descubrir y ellos, viendo que miraba, se echaron en baraja de su bella gracia.

Pero tales voces como venían tras de un malaventurado pastelero no se oyeron jamás, de hombres hechos cuartos, y pidiéndole que declarase en qué les había acomodado sus carnes, confesó que en los pasteles, y mandaron que les fuesen restituidos sus miembros de cualquier estómago en que se hallasen. Dijéronle si quería ser juzgado y respondió que sí, a Dios y a la ventura. La primera acusación decía no sé qué de gato por liebre, tantos de huesos (y no de la misma carne, sino advenedizos), tanta de oveja y cabra, caballo y perro. Y cuando él vio que se les probaba a sus pasteles haberse hallado en ellos más animales que en el arca de Noé, porque en ella no hubo ratones ni moscas y en ellos sí, volvió las espaldas y dejolos con la palabra en la boca.

Fueron juzgados filósofos, y fue de ver cómo ocupaban sus entendimientos en hacer silogismos contra su salvación. Mas lo de los poetas fue de notar, que de puro locos querían hacer creer a Dios que era Júpiter y que por él decían ellos todas las cosas, y Virgilio andaba con sus Sicelides musae diciendo que era el nacimiento de Cristo. Mas saltó un diablo y dijo no sé qué de Mecenas y Octavia, y que había mil veces adorado unos cuernecillos suyos, que los traía por ser día de más fiesta; contó no sé qué cosas. Y al fin, llegando Orfeo, como más antiguo, a hablar por todos, le mandaron que se volviese otra vez a hacer el experimento de entrar en el infierno para salir, y a los demás, por hacérseles camino, que le acompañasen.

Llegó tras ellos un avariento a la puerta y fue preguntado qué quería, diciéndole que los Diez Mandamientos guardaban aquella puerta de quien no los había guardado, y él dijo que en cosas de guardar era imposible que hubiese pecado. Leyó el primero: «Amar a Dios sobre todas las cosas», y dijo que él solo aguardaba a tenerlas todas para amar a Dios sobre ellas. «No jurar su nombre en vano», dijo que aun jurándole falsamente siempre había sido por muy gran interés, y que así no había sido en vano. «Guardar las fiestas», éstas y aun los días de trabajo guardaba y escondía. «Honrar padre y madre»: -Siempre les quité el sombrero-. «No matar»: -Por guardar esto no comía, por ser matar la hambre comer. «No fornicarás»: -En cosas que cuestan dinero ya está dicho. «No levantar falso testimonio.»

-Aquí -dijo un diablo- es el negocio, avariento, que si confiesas haberle levantado te condenas, y si no, delante del juez te le levantarás a ti mismo.

Enfadose el avariento y dijo:

-Si no he de entrar no gastemos tiempo, que hasta aquello rehúso de gastar. Convenciose con su vida y fue llevado a donde merecía.

Entraron en esto muchos ladrones y salváronse de ellos algunos ahorcados;

y fue de manera el ánimo que tomaron los escribanos, que estaban delante de Mahoma, Lutero y Judas, viendo salvar ladrones, que entraron de golpe a ser sentenciados, de que les tomó a los diablos muy gran risa de ver eso.

Los ángeles de la guarda comenzaron a esforzarse y a llamar por abogados los Evangelistas. Dieron principio a la acusación los demonios, y no la hacían en los procesos que tenían hechos de sus culpas, sino con los que ellos habían hecho en esta vida. Dijeron lo primero:

-Estos, Señor, la mayor culpa suya es ser escribanos.

Y ellos respondieron a voces, pensando que disimularían algo, que no eran sino secretarios. Los ángeles abogados comenzaron a dar descargo. Uno decía:

-Es bautizado y miembro de la Iglesia.

Y no tuvieron muchos de ellos que decir otra cosa. Al fin se salvaron dos o tres, y a los demás dijeron los demonios:

-Ya entienden.

Hiciéronles del ojo diciendo que importaban allí para jurar contra cierta gente, y viendo que por ser cristianos daban más pena que los gentiles, alegaron que el serlo no era por su culpa, que los bautizaron cuando niños, y así, que los padrinos la tenían.

Digo verdad que vi a Judas tan cerca de atreverse a entrar en juicio, y a Mahoma y a Lutero, animados de ver salvar a un escribano, que me espanté que no lo hiciesen. Sólo se lo estorbó aquel médico que dije, que forzado de los que le habían traído, parecieron él y un boticario y un barbero, a los cuales dijo un diablo que tenía las copias:

-Ante este doctor han pasado los más difuntos, con ayuda de este boticario y barbero, y a ellos se les debe gran parte de este día.

Alegó un ángel por el boticario que daba de balde a los pobres, pero dijo un diablo que hallaba por su cuenta que habían sido más dañosos dos botes de su tienda que diez mil de pica en la guerra, porque todas sus medicinas eran espurias, y que con esto había hecho liga con una peste y había destruido dos lugares. El médico se disculpaba con él, y al fin el boticario fue condenado, y el médico y el barbero, intercediendo San Cosme y San Damián, se salvaron.

Fue condenado un abogado porque tenía todos los derechos con corcovas, cuando, descubierto un hombre que estaba detrás de este a gatas, porque no le viesen, y preguntado quién era, dijo que cómico; pero un diablo, muy enfadado, replicó:

-¡Farandulero!; y pudiera haber ahorrado esta venida, sabiendo lo que hay.

Juró de irse y fuese al infierno sobre su palabra.

En esto dieron con muchos taberneros en el puesto y fueron acusados de que habían muerto mucha cantidad de sed a traición vendiendo agua por vino. Estos venían confiados en que habían dado a un hospital siempre vino puro para las misas, pero no les valió, ni a los sastres decir que habían vestido niños Jesuses. Y así, todos fueron despachados como siempre se esperaba.

Llegaron tres o cuatro genoveses ricos pidiendo asientos, y dijo un diablo:

-¿Piensan ganar ellos? Pues esto es lo que les mata. Esta vez han dado mala cuenta y no hay donde se asienten, porque han quebrado el banco de su crédito.

Y volviéndose a Dios, dijo un diablo:

-Todos los demás hombres, Señor, dan cuenta de lo que es suyo, mas estos de lo ajeno y todo.

Pronunciose la sentencia contra ellos; yo no la oí bien, pero ellos desaparecieron.

Vino un caballero tan derecho que, al parecer, quería competir con la misma justicia que le aguardaba. Hizo muchas reverencias a todos y con la mano una ceremonia usada de los que beben en charco. Traía un cuello tan grande que no se le echaba de ver si tenía cabeza. Preguntole un portero, de parte de Dios, si era hombre, y él respondió con grandes cortesías que sí, y que por más señas se llamaba don Fulano, a fe de caballero. Riose un diablo y dijo:

-De codicia es el mancebo para el infierno.

Preguntáronle qué pretendía, y respondió:

-Ser salvado.

Y fue remitido a los diablos para que le moliesen, y él sólo reparó en que le ajarían el cuello.

Entró tras él un hombre dando voces, diciendo:

-Aunque las doy no tengo mal pleito, que a cuantos santos hay en el cielo, o a los más, he sacudido el polvo.

Todos esperaban ver un Diocleciano o Nerón, por lo de sacudir el polvo, y vino a ser un sacristán que azotaba los retablos. Y se había ya con esto puesto en salvo, sino que dijo un diablo que se bebía el aceite de las lámparas y echaba la culpa a una lechuza, por lo cual habían muerto sin ella; que pellizcaba de los ornamentos para vestirse; que heredaba en vida las vinajeras y que tomaba alforjas a los oficios. No sé qué descargo se dio, que le enseñaron el camino de la mano izquierda, dando lugar unas damas alcorzadas que comenzaron a hacer melindres de las malas figuras de los demonios. Dijo un ángel a Nuestra Señora que habían sido devotas de su nombre aquellas, que las amparase, y replicó un diablo que también fueron enemigas de su castidad.

-Sí por cierto-, dijo una que había sido adúltera.

Y el demonio la acusó que había tenido un marido en ocho cuerpos, que se había casado de por junto en uno para mil. Condenose esta sola, y iba diciendo:

-¡Ojalá supiera que me había de condenar, que no hubiera oído misa los días de fiesta!

En esto, que era todo acabado, quedaron descubiertos Judas, Mahoma y Martín Lutero, y preguntando un ministro cuál de los tres era Judas, Lutero y Mahoma dijeron cada uno que él, y corriose Judas tanto, que dijo en altas voces:

-Señor, yo soy Judas; y bien conocéis vos que soy mucho mejor que estos, porque si os vendí remedié al mundo, y estos, vendiéndose a sí y a vos, lo han destruido todo.

Fueron mandados quitar delante. Y un ángel que tenía la copia halló que faltaban por juzgar alguaciles y corchetes. Llamáronlos y fue de ver que asomaron al puesto muy tristes y dijeron:

-Aquí lo damos por condenado; no es menester nada.

No bien lo dijeron cuando, cargado de astrolabios y globos, entró un astrólogo dando voces y diciendo que se habían engañado, que no había de ser aquel día el del Juicio, porque Saturno no había acabado sus movimientos ni el de trepidación el suyo. Volviose un diablo y viéndole tan cargado de madera y papel, le dijo:

-Ya os traéis la leña con vos como si supieras que de cuantos cielos habéis tratado en vida, estáis de manera que por la falta de uno solo en muerte, os iréis al infierno.

-Eso no iré yo -dijo él.

-Pues llevaros han.

Y así se hizo.

Con esto se acabó la residencia y tribunal; huyeron las sombras a su lugar, quedó el aire con nuevo aliento, floreció la tierra, riose el cielo. Y Cristo subió consigo a descansar en sí los dichosos por su Pasión, y yo me quedé en el valle, y discurriendo por él oí mucho ruido y quejas en la tierra. Llegueme por ver lo que había y vi en una cueva honda (garganta del infierno) penar muchos, y entre otros un letrado revolviendo no tanto leyes como caldos; un escribano comiendo solo letras que no había querido solo leer en esta vida; todos ajuares del infierno, las ropas y tocados de los condenados, estaban prendidos, en vez de clavos y alfileres, con alguaciles; un avariento contando más duelos que dineros; un médico penando en un orinal y un boticario en una medicina. Diome tanta risa ver esto que me despertaron las carcajadas, y fue mucho quedar de tan triste sueño más alegre que espantado.

Sueños son estos que si se duerme V. Excelencia sobre ellos, verá que por ver las cosas como las veo las esperará como las digo.

FIN DEL JUICIO FINAL

EL ALGUACIL ENDEMONIADO

Al conde de Lemos, presidente de Indias

Bien sé que a los ojos de V. Excelencia es más endemoniado el autor que el sujeto; si lo fuere también el discurso habré dado lo que se esperaba de mis pocas letras, que amparadas, como dueño, de V. Excelencia y su grandeza, despreciarán cualquier temor. Ofrézcole este discurso del alguacil endemoniado (aunque fuera mejor y más propiamente, a los diablos mismos): recíbale V. Excelencia con la humanidad que me hace merced, así yo vea en su casa la sucesión que tanta nobleza y méritos piden.

Esté advertida V. Excelencia que los seis géneros de demonios que cuentan los supersticiosos y los hechiceros (los cuales por esta orden divide Pselo en el capítulo once del libro de los demonios) son los mismos que las órdenes en que se distribuyen los alguaciles malos. Los primeros llaman leliurios, que quiere decir «ígneos»; los segundos aéreos; los terceros terrenos; los cuartos acuáticos; los quintos subterráneos, los sextos lucífugos, que huyen de la luz. Los ígneos son los criminales que a sangre y fuego persiguen los hombres; los aéreos son los soplones que dan viento; ácueos son los porteros que prenden por si vació o no vació sin decir: «¡Agua va!»; fuera de tiempo, y son ácueos con ser casi todos borrachos y vinosos; terrenos son los civiles que a puras comisiones y ejecuciones destruyen la tierra; lucífugos los rondadores que huyen de la luz, debiendo la luz huir de ellos; los subterráneos, que están debajo de tierra, son los escudriñadores de vidas y fiscales de honras, y levantadores de falsos testimonios, que de bajo de tierra sacan qué acusar, y andan siempre desenterrando los muertos y enterrando los vivos.

Al pío lector

Y si fueras cruel y no pío, perdona, que este epíteto, natural del pollo, has heredado de Eneas. Y en agradecimiento de que te hago cortesía en no llamarte benigno lector, advierte que hay tres géneros de hombres en el mundo: los unos que, por hallarse ignorantes, no escriben, y estos merecen disculpa por haber callado y alabanza por haberse conocido; otros que no comunican lo que saben; a estos se les ha de tener lástima de la condición y envidia del ingenio, pidiendo a Dios que les perdone lo pasado y les enmiende por el venir; los últimos no escriben de miedo de las malas lenguas; estos merecen reprehensión, pues si la obra llega a manos de hombres sabios, no saben decir mal de nadie; si de ignorantes, ¿cómo pueden decir mal, sabiendo que si lo dicen de lo malo lo dicen de sí mismos, y si del bueno no importa, que ya saben todos que no lo entienden? Esta razón me animó a escribir el sueño del Juicio y me permitió osadía para publicar este discurso. Si le quisieres leer, léele, y si no, déjale, que no hay pena para quien no le leyere. Si le empezares a leer y te enfadare, en tu mano está con que tenga fin donde te fuere enfadoso. Solo he querido advertirte en la primera hoja que este papel es sola una reprehensión de malos ministros de justicia, guardando el decoro que se debe a muchos que hay loables por virtud y nobleza; poniendo todo lo que en él hay debajo la corrección de la Iglesia Romana y ministros de buenas costumbres.

Discurso

Fue el caso que entré en San Pedro a buscar al licenciado Calabrés, clérigo de bonete de tres altos hecho a modo de medio celemín, orillo por ceñidor y no muy apretado, puños de Corinto, asomo de camisa por cuello, rosario en mano, disciplina en cinto, zapato grande y de ramplón y oreja sorda, habla entre penitente y disciplinante, derribado el cuello al hombro como el buen tirador que apunta al blanco, mayormente si es blanco de Méjico o de Segovia, los ojos bajos y muy clavados en el suelo, como el que codicioso busca en él cuartos, y los pensamientos triples, color a partes hendida y a partes quebrada, tardón en la mesa y abreviador en la misa, gran cazador de diablos, tanto que sustentaba el cuerpo a puros espíritus. Entendíasele de ensalmar, haciendo al bendecir unas cruces mayores que las de los malcasados. Traía en la capa remiendos sobre sano, hacía del desaliño santidad, contaba revelaciones, y si se descuidaban a creerle, hacía milagros. ¿Qué me canso? Este, señor, era uno de los que Cristo llamó sepulcros hermosos por de fuera, blanqueados y llenos de molduras, y por de dentro pudrición y gusanos, fingiendo en lo exterior honestidad, siendo en lo interior del alma disoluto y de muy ancha y rasgada conciencia. Era, en buen romance, hipócrita, embeleco vivo, mentira con alma y fábula con voz. Hallele en la sacristía solo con un hombre que atadas las manos en el cíngulo y puesta la estola descompuestamente, daba voces con frenéticos movimientos.

-¿Qué es esto? -le pregunté espantado.

Respondiome:

-Un hombre endemoniado.

Y al punto, el espíritu que en él tiranizaba la posesión a Dios, respondió:

-No es hombre, sino alguacil. Mirad cómo habláis, que en la pregunta del uno y en la respuesta del otro se ve que sabéis poco. Y se ha de advertir que los diablos en los alguaciles estamos por fuerza y de mala gana; por lo cual, si queréis acertar, debéis llamarme a mí demonio enaguacilado, y no a éste alguacil endemoniado. Y avenisos tanto mejor los hombres con nosotros que con ellos cuanto no se puede encarecer, pues nosotros huimos de la cruz y ellos la toman por instrumento para hacer mal. ¿Quién podrá negar que demonios y alguaciles no tenemos un mismo oficio, pues bien mirado nosotros procuramos condenar y los alguaciles también; nosotros que haya vicios y pecados en el mundo, y los alguaciles lo desean y procuran con más ahínco, porque ellos lo han menester para su sustento y nosotros para nuestra compañía? Y es mucho más de culpar este oficio en los alguaciles que en nosotros, pues ellos hacen mal a hombres como ellos y a los de su género, y nosotros no, que somos ángeles, aunque sin gracia. Fuera de esto, los demonios lo fuimos por querer ser más que Dios y los alguaciles son alguaciles por querer ser menos que todos. Así que por demás te cansas, padre, en poner reliquias a este, pues no hay santo que si entra en sus manos no quede para ellas. Persuádete que el alguacil y nosotros todos somos de una orden, sino que los alguaciles son diablos calzados y nosotros diablos recoletos, que hacemos áspera vida en el infierno.

Admiráronme las sutilezas del diablo. Enojose Calabrés, revolvió sus conjuros, quísole enmudecer, y al echarle agua bendita a cuestas comenzó a huir y a dar voces, diciendo:

-Clérigo, cata que no hace estos sentimientos el alguacil por la parte de bendita, sino por ser agua. No hay cosa que tanto aborrezcan, pues en su nombre (se llama alguacil) es encajada una en medio, y porque acabéis de conocer quién son y cuán poco tienen de cristianos, advertid que de pocos nombres que del tiempo de los moros quedaron en España, llamándose ellos merinos, le han dejado por llamarse alguaciles (que alguacil es palabra morisca), y hacen bien, que conviene el nombre con la vida y ella con sus hechos.

-Eso es muy insolente cosa oírlo -dijo furioso mi licenciado-, y si le damos licencia a este enredador, dirá otras mil bellaquerías y mucho mal de la justicia porque corrige el mundo y le quita, con su temor y diligencia, las almas que tiene negociadas.

-No lo hago por eso -replicó el diablo-, sino porque ése es tu enemigo que es de tu oficio. Y ten lástima de mí y sácame del cuerpo de este alguacil, que soy demonio de prendas y calidad, y perderé después mucho en el infierno por haber estado acá con malas compañías.

-Yo te echaré hoy fuera -dijo Calabrés- de lástima de ese hombre que aporreas por momentos y maltratas, que tus culpas no merecen piedad ni tu obstinación es capaz de ella.

-Pídeme albricias -respondió el diablo- si me sacas hoy. Y advierte que estos golpes que le doy y lo que le aporreo, no es sino que yo y su alma venimos acá sobre quién ha de estar en mejor lugar y andamos a «más diablo es él».

Acabó esto con una gran risada; corriose mi bueno de conjurador y determinose a enmudecerle. Yo, que había comenzado a gustar de las sutilezas del diablo, le pedí que, pues estábamos solos y él como mi confesor sabía mis cosas secretas y yo como amigo las suyas, que le dejase hablar, apremiándole solo a que no maltratase el cuerpo del alguacil. Hízose así, y al punto dijo:

-Donde hay poetas, parientes tenemos en corte los diablos, y todos nos lo debéis por lo que en el infierno os sufrimos, que habéis hallado tan fácil modo de condenaros que hierve todo él en poetas y hemos hecho una ensancha a su cuartel; y son tantos que compiten en los votos y elecciones con los escribanos. Y no hay cosa tan graciosa como el primer año de noviciado de un poeta en penas, porque hay quien le lleva de acá cartas de favor para ministros, y créese que ha de topar con Radamanto y pregunta por el Cerbero y Aqueronte y no puede creer sino que se los esconden.

-¿Qué géneros de penas les dan a los poetas? -repliqué yo.

-Muchas -dijo- y propias. Unos se atormentan oyendo las obras de otros, y a los más es la pena el limpiarlos. Hay poeta que tiene mil años de infierno y aún no acaba de leer unas endechillas a los celos. Otros verás en otra parte aporrearse y darse de tizonazos sobre si dirá faz o cara. Cuál, para hallar un consonante, no hay cerco en el infierno que no haya rodado mordiéndose las uñas. Mas los que peor lo pasan y más mal lugar tienen son los poetas de comedias, por las muchas reinas que han hecho [...], las infantas de Bretaña que han deshonrado, los casamientos desiguales que han hecho en los fines de las comedias y los palos que han dado a muchos hombres honrados por acabar los entremeses. Mas es de advertir que los poetas de comedias no están entre los demás, sino que, por cuanto tratan de hacer enredos y marañas, se ponen entre los procuradores y solicitadores, gente que solo trata de eso. Y en el infierno están todos aposentados con tal orden, que un artillero que bajó allá el otro día, queriendo que le pusiesen entre la gente de guerra, como al preguntarle del oficio que había tenido dijese que hacer tiros en el mundo, fue remitido al cuartel de los escribanos, pues son los que hacen tiros en el mundo. Un sastre, porque dijo que había vivido de cortar de vestir, fue aposentado en los maldicientes. Un ciego, que quiso encajarse con los poetas, fue llevado a los enamorados, por serlo todos. Otro que dijo: «Yo enterraba difuntos», fue acomodado con los pasteleros. Los que venían por el camino de los locos ponemos con los astrólogos, y a los por mentecatos con los alquimistas. Uno vino por unas muertes y está con los médicos. Los mercaderes, que se condenan por vender, están con Judas. Los malos ministros, por lo que han tomado, alojan con el mal ladrón. Los necios están con los verdugos. Y un aguador que dijo que había vendido agua fría, fue llevado con los taberneros. Llegó un mohatrero tres días ha, y dijo que él se condenaba por haber vendido gato por liebre, y pusímoslo de pies con los venteros, que dan lo mismo. Al fin todo el infierno está repartido en partes con esta cuenta y razón.

-Oíte decir antes de los enamorados, y por ser cosa que a mí me toca, gustaría saber si hay muchos.

-Mancha es la de los enamorados -respondió- que lo toma todo, porque todos lo son de sí mismos; algunos de sus dineros; otros de sus palabras; otros de sus obras; y algunos de las mujeres, y de estos postreros hay menos que todos en el infierno, porque las mujeres son tales que con ruindades, con malos tratos y peores correspondencias, les dan ocasiones de arrepentimiento cada día a los hombres.

Como digo, hay pocos deseos, pero buenos y de entretenimiento, si allá cupiera. Algunos hay que en celos y esperanzas amortajados y en deseos, se van por la posta al infierno, sin saber cómo ni cuándo ni de qué manera. Hay amantes lacayuelos, que arden llenos de cintas; otros crinitos como cometas, llenos de cabellos; y otros que en los billetes solos que llevan de sus damas ahorran veinte años de leña a la fábrica de la casa, abrasándose lardeados en ellos. Son de ver los que han querido doncellas, enamorados de doncellas con las bocas abiertas y las manos extendidas: deseos unos se condenan por tocar sin tocar pieza, hechos bufones de los otros, siempre en víspera del contento sin tener jamás el día y con solo el título de pretendientes; otros se condenan por el beso, como Judas, brujuleando siempre los gustos sin poderlos descubrir. Detrás deseos, en una mazmorra, están los adúlteros: estos son los que mejor viven y peor lo pasan, pues otros les sustentan la cabalgadura y ellos lo gozan.

-Gente es esta -dije yo- cuyos agravios y favores todos son de una manera.

-Abajo, en un apartado muy sucio lleno de mondaduras de rastro (quiero decir cuernos) están los que acá llamamos cornudos; gente que aun en el infierno no pierde la paciencia, que como la llevan hecha a prueba de la mala mujer que han tenido, ninguna cosa los espanta. Tras ellos están los que se enamoran de viejas, con cadenas; que los diablos, de hombres de tan mal gusto, aún no pensamos que estamos seguros, y si no estuviesen con prisiones Barrabás aún no tendría bien guardadas las asentaderas de ellos, y tales como somos les parecemos blancos y rubios. Lo primero que con estos se hace es condenarles la lujuria y su herramienta a perpetua cárcel. Mas dejando estos, os quiero decir que estamos muy sentidos de los potajes que hacéis de nosotros, pintándonos con garra sin ser aguiluchos; con colas, habiendo diablos rabones; con cuernos, no siendo casados; y mal barbados siempre, habiendo diablos de nosotros que podemos ser ermitaños y corregidores Remediad esto, que poco ha que fue Jerónimo Bosco allá, y preguntándole por qué había hecho tantos guisados de nosotros en sus sueños, dijo: «Porque no había creído nunca que había demonios de veras». Lo otro, y lo que más sentimos, es que hablando comúnmente soléis decir: «¡Miren el diablo del sastre!», o «¡Diablo es el sastrecillo!». ¿A sastres nos comparáis, que damos leña con ellos al infierno y aun nos hacemos de rogar para recibirlos, que si no es la póliza de quinientos nunca hacemos recibo, por no malvezarnos y que ellos no aleguen posesión: «Quoniani consuetudo est altera lex», y como tienen posesión en el hurtar y quebrantar las fiestas, fundan agravio si no les abrimos las puertas grandes, como si fuesen de casa. También nos quejamos de que no hay cosa, por mala que sea, que no la deis al diablo, y en enfadándoos algo, luego decís: «¡Pues el diablo te lleve!». Pues advertid que son más los que se van allá que los que traemos, que no de todo hacemos caso. Dais al diablo un mal trapillo y no le toma el diablo, porque hay algún mal trapillo que no le tomará el diablo; dais al diablo un italiano y no le toma el diablo, porque hay italiano que tomará al diablo. Y advertid que las más veces dais al diablo lo que él ya se tiene, digo, nos tenemos.

-¿Hay reyes en el infierno?- le pregunté yo, y satisfizo a mi duda diciendo:

-Todo el infierno es figuras, y hay muchos, porque el poder, libertad y mando les hace sacar a las virtudes de su medio y llegan los vicios a su extremo, y viéndose en la suma reverencia de sus vasallos y con la grandeza opuestos a dioses, quieren valer punto menos y parecerlo; y tienen muchos caminos para condenarse y muchos que los ayudan, porque uno se condena por la crueldad, y matando y destruyendo es una grandeza coronada de vicios de sus vasallos y suyos y una peste real de sus reinos; otros se pierden por la codicia, haciendo amazonas sus villas y ciudades a fuerza de grandes pechos que en vez de criar desustancian; y otros se van al infierno por terceras personas, y se condenan por poderes, fiándose de infames ministros. Y es gusto verles penar, porque como bozales en trabajos, se les dobla el dolor con cualquier cosa. Solo tienen bueno los reyes que, como es gente honrada, nunca vienen solos, sino con pinta de dos o tres privados, y a veces va el encaje y se traen todo el reino tras sí, pues todos se gobiernan por ellos. Dichosos vosotros, españoles, que sin merecerlo sois vasallos y gobernados por un rey tan vigilante y católico, a cuya imitación os vais al cielo (y esto si hacéis buenas obras, y no entendáis por ellas palacios suntuosos, que estos a Dios son enfadosos, pues vemos nació en Belén en un portal destruido), no cual otros malos reyes que se van al infierno por el camino real, y los mercaderes por el de la plata.

-¿Quién te mete ahora con los mercaderes? -dijo Calabrés.

Manjar es que nos tiene ya empalagados a los diablos, y ahítos, y aun los vomitamos. Vienen allá a millares, condenándose en castellano y en guarismo. Y habéis de saber que en España los misterios de las cuentas de los genoveses son dolorosos para los millones que vienen de las Indias y que los cañones de sus plumas son de batería contra las bolsas, y no hay renta que si la cogen en medio el Tajo de sus plumas y el Jarama de su tinta no la ahoguen. Y en fin, han hecho entre nosotros sospechoso este nombre de asientos, que como significan otra cosa que me corro de nombrarla, no sabemos cuándo hablan a lo negociante o cuando a lo deshonesto. Hombre deseos ha ido al infierno, que viendo la leña y fuego que se gasta, ha querido hacer estanque de la lumbre, y otro quiso arrendar los tormentos, pareciéndole que ganara con ellos mucho. Estos tenemos allá junto a los jueces que acá los permitieron.

-Luego, ¿algunos jueces hay allá?

-¡Pues no! -dijo el espíritu-. Los jueces son nuestros faisanes, nuestros platos regalados, y la simiente que más provecho y fruto nos da a los diablos, porque de cada juez que sembramos cogemos seis procuradores, dos relatores, cuatro escribanos, cinco letrados y cinco mil negociantes, y esto cada día. De cada escribano cogemos veinte oficiales; de cada oficial treinta alguaciles; de cada alguacil diez corchetes; y si el año es fértil de trampas, no hay trojes en el infierno donde recoger el fruto de un mal ministro.

-¿También querrás decir que no hay justicia en la tierra, rebelde a Dios, y sujeta a sus ministros?

-¡Y cómo que no hay justicia! ¿Pues no has sabido lo de Astrea, que es la justicia, cuando huyendo de la tierra se subió al cielo? Pues por si no lo sabes te lo quiero contar. Vinieron la Verdad y la Justicia a la tierra; la una no halló comodidad por desnuda, ni la otra por rigurosa. Anduvieron mucho tiempo así, hasta que la Verdad, de puro necesitada, asentó con un mudo. La Justicia, desacomodada, anduvo por la tierra rogando a todos, y viendo que no hacían caso de ella y que le usurpaban su nombre para honrar tiranías, determinó volverse huyendo al cielo. Saliose de las grandes ciudades y cortes y fuese a las aldeas de villanos, donde por algunos días, escondida en su pobreza, fue hospedada de la Simplicidad, hasta que envió contra ella requisitorias la Malicia. Huyó entonces de todo punto y fue de casa en casa pidiendo que la recogiesen. Preguntaban todos quién era, y ella, que no sabe mentir, decía que la Justicia; respondíanle todos:

-¿Justicia y por mi casa? Vaya por otra.

Y así no estuvo en ninguna. Subiose al cielo y apenas dejó acá pisadas. Los hombres, que esto vieron, bautizaron con su nombre algunas varas que, fuera de las cruces, arden algunas muy bien allá, y acá solo tienen nombre de justicia ellas y los que las traen, porque hay muchos deseos en quien la vara hurta más que el ladrón con ganzúa y llave falsa y escala. Y habéis de advertir que la codicia de los hombres ha hecho instrumento para hurtar todas sus partes, sentidos y potencias que Dios les dio las unas para vivir y las otras para vivir bien. ¿No hurta la honra de la doncella, con la voluntad, el enamorado? ¿No hurta con el entendimiento el letrado que le da malo y torcido a la ley? ¿No hurta con la memoria el representante que nos lleva el tiempo? ¿No hurta el amor con los ojos, el discreto con la boca, el poderoso con los brazos (pues no medra quien no tiene los suyos), el valiente con las manos, el músico con los dedos, el gitano y cicatero con las uñas, el médico con la muerte, el boticario con la salud, el astrólogo con el cielo? Y al fin, cada uno hurta con una parte o con otra. Solo el alguacil hurta con todo el cuerpo, pues acecha con los ojos, sigue con los pies, ase con las manos y atestigua con la boca; y al fin son tales los alguaciles que de ellos y de nosotros defiende a los hombres la santa Iglesia Romana.

-Espántome -dije yo- de ver que entre los ladrones no has metido a las mujeres, pues son de casa.

-No me las nombres -respondió-, que nos tienen enfadados y cansados, y a no haber tantas allá, no era muy mala la habitación del infierno. Diéramos, para que enviudáramos, en el infierno, mucho, que como se urden enredos, y ellas, desde que murió Medusa, la hechicera, no platican otro, temo no haya alguna tan atrevida que quiera probar su habilidad con alguno de nosotros, por ver si sabrá dos puntos más. Aunque sola una cosa tienen buena las condenadas, por la cual se puede tratar con ellas: que como están desesperadas no piden nada.

-¿De cuáles se condenan más, feas o hermosas?

-Feas -dijo al instante- seis veces más, porque los pecados para cometerlos no es menester más que admitirlos, y las hermosas, que hallan tantos que las satisfagan el apetito carnal, hártanse y arrepiéntanse, pero las feas, como no hallan nadie, allá se nos van en ayunas y con la misma hambre rogando a los hombres, y después que se usan ojinegras y cariaguileñas, hierve el infierno en blancas y rubias y en viejas más que en todo, que de envidia de las mozas, obstinadas, expiran gruñendo. El otro día llevé yo una de setenta años que comía barro y hacía ejercicio para remediar las opilaciones y se quejaba de dolor de muelas porque pensasen que las tenía, y con tener ya amortajadas las sienes con la sábana blanca de sus canas y arada la frente, huía de los ratones y traía galas, pensando agradarnos a nosotros. Pusímosla allá, por tormento, al lado de un lindo deseos que se van allá con zapatos blancos y de puntillas, informados de que es tierra seca y sin lodos.

-En todo eso estoy bien -le dije-; solo querría saber si hay en el infierno muchos pobres.

-¿Qué es pobres? -replicó.

-El hombre -dije yo- que no tiene nada de cuanto tiene el mundo.

-¡Hablara yo para mañana! -dijo el diablo- Si lo que condena a los hombres es lo que tienen del mundo, y esos no tienen nada, ¿cómo se condenan? Por acá los libros nos tienen en blanco. Y no os espantéis, porque aun diablos les faltan a los pobres; y a veces más diablos sois unos para otros que nosotros mismos. ¿Hay diablo como un adulador, como un envidioso, como un amigo falso y como una mala compañía? Pues todos estos le faltan al pobre, que no le adulan, ni le envidian, ni tiene amigo malo ni bueno, ni le acompaña nadie. Estos son los que verdaderamente viven bien y mueren mejor. ¿Cuál de vosotros sabe estimar el tiempo y poner precio al día, sabiendo que todo lo que pasó lo tiene la muerte en su poder, y gobierna lo presente y aguarda todo lo porvenir, como todos ellos?

-Cuando el diablo predica, el mundo se acaba. ¿Pues cómo, siendo tú padre de la mentira -dijo Calabrés-, dices cosas que bastan a convertir una piedra?

-¿Cómo? -respondió-; por haceros mal y que no podáis decir que faltó quien os lo dijese. Y adviértase que en vuestros ojos veo muchas lágrimas de tristeza y pocas de arrepentimiento, y de las más se deben las gracias al pecado que os harta o cansa, y no a la voluntad que por malo le aborrezca.

-Mientes -dijo Calabrés-, que muchos santos y santas hay hoy; y ahora veo que en todo cuanto has dicho has mentido; y en pena saldrás hoy de este hombre.

Usó de sus exorcismos y, sin poder yo con él, le apremió a que callase. Y si un diablo por sí es malo, mudo es peor que diablo.

Vuestra Excelencia con curiosa atención mire esto y no mire a quien lo dijo; que Herodes profetizó, y por la boca de una sierpe de piedra sale un caño de agua, en la quijada de un león hay miel, y el salmo dice que a veces recibimos salud de nuestros enemigos y de mano de aquellos que nos aborrecen.

FIN DEL ALGUACIL ENDEMONIADO

SUEÑO DEL INFIERNO

Carta a un amigo suyo

Envío a V. M. este discurso, tercero al «Sueño» y al «Alguacil», donde puedo decir que he rematado las pocas fuerzas de mi ingenio, no sé si con alguna dicha. Quiera Dios halle algún agradecimiento mi deseo, cuando no merezca alabanza mi trabajo, que con esto tendré algún premio de los que da el vulgo con mano escasa, que no soy tan soberbio que me precie de tener envidiosos, pues de tenerlos tuviera por gloriosa recompensa el merecerlos tener. V. M. en Zaragoza comunique este papel, haciéndole la acogida que a todas mis cosas, mientras yo acá esfuerzo la paciencia a maliciosas calumnias que al parto de mis obras (sea aborto) suelen anticipar mis enemigos. Dé Dios a V. M. paz y salud. Del Fresno y mayo 3 de 1608.

DON FRANCISCO QUEVEDO VILLEGAS.

Prólogo al ingrato y desconocido lector

Eres tan perverso que ni te obligué llamándote pío, benévolo ni benigno en los demás discursos porque no me persiguieses; y ya desengañado quiero hablar contigo claramente. Este discurso es el del infierno; no me arguyas de maldiciente porque digo mal de los que hay en él, pues no es posible que haya dentro nadie que bueno sea. Si te parece largo, en tu mano está: toma el infierno que te bastare y calla. Y si algo no te parece bien, o lo disimula piadoso o lo enmienda docto, que errar es de hombres y ser errado de bestias o esclavos. Si fuere oscuro, nunca el infierno fue claro; si triste y melancólico, yo no he prometido risa. Solo te pido, lector, y aun te conjuro por todos los prólogos, que no tuerzas las razones ni ofendas con malicia mi buen celo. Pues, lo primero, guardo el decoro a las personas y solo reprehendo los vicios; murmuro los descuidos y demasías de algunos oficiales sin tocar en la pureza de los vicios; y al fin, si te agradare el discurso, tú te holgarás, y si no, poco importa, que a mí de ti ni de él se me da nada. Vale.

Discurso

Yo, que en el «Sueño del Juicio» vi tantas cosas y en «El alguacil endemoniado» oí parte de las que no había visto, como sé que los sueños las más veces son burla de la fantasía y ocio del alma, y que el diablo nunca dijo verdad, por no tener cierta noticia de las cosas que justamente nos esconde Dios, vi, guiado del ángel de mi guarda, lo que se sigue, por particular providencia de Dios; que fue para traerme, en el miedo, la verdadera paz. Halleme en un lugar favorecido de naturaleza por el sosiego amable, donde sin malicia la hermosura entretenía la vista (muda recreación), y sin respuesta humana platicaban las fuentes entre las guijas y los árboles por las hojas, tal vez cantaba el pájaro, ni sé determinadamente si en competencia suya o agradeciéndoles su armonía. Ved cuál es de peregrino nuestro deseo, que no halló paz en nada de esto. Tendí los ojos, codiciosos de ver algún camino por buscar compañía, y veo, cosa digna de admiración, dos sendas que nacían de un mismo lugar, y una se iba apartando de la otra como que huyesen de acompañarse. Era la de mano derecha tan angosta que no admite encarecimiento, y estaba, de la poca gente que por ella iba, llena de abrojos y asperezas y malos pasos. Con todo, vi algunos que trabajaban en pasarla, pero por ir descalzos y desnudos, se iban dejando en el camino unos el pellejo, otros los brazos, otros las cabezas, otros los pies, y todos iban amarillos y flacos. Pero noté que ninguno de los que iban por aquí miraba atrás, sino todos adelante. Decir que puede ir alguno a caballo es cosa de risa. Uno de los que allí estaban, preguntándole si podría yo caminar aquel desierto a caballo, me dijo:

-San Pablo le dejó para dar el primer paso a esta senda.

Y miré, con todo eso, y no vi huella de bestia ninguna. Y es cosa de admirar que no había señal de rueda de coche ni memoria apenas de que hubiese nadie caminado por allí jamás. Pregunté, espantado de esto, a un mendigo que estaba descansando y tomando aliento, si acaso había ventas en aquel camino o mesones en los paraderos. Respondiome:

-¿Venta aquí, señor, ni mesón? ¿Cómo queréis que le haya en este camino, si es el de la virtud? En el camino de la vida -dijo- el partir es nacer, el vivir es caminar, la venta es el mundo, y en saliendo de ella, es una jornada sola y breve desde él a la pena o a la gloria.

Diciendo esto se levantó y dijo:

-¡Quedaos con Dios!; que en el camino de la virtud es perder tiempo el pararse uno y peligroso responder a quien pregunta por curiosidad y no por provecho.

Comenzó a andar dando tropezones y zancadillas y suspirando; parecía que los ojos con lágrimas osaban ablandar los peñascos a los pies y hacer tratables los abrojos.

-¡Pesia tal! -dije yo entre mí-. ¿Pues tras ser el camino tan trabajoso es la gente que en él anda tan seca y poco entretenida? ¡Para mi humor es bueno!

Di un paso atrás y salime del camino del bien, que jamás quise retirarme de la virtud que tuviese mucho que desandar ni que descansar. Volví a la mano izquierda y vi un acompañamiento tan reverendo, tanto coche, tanta carroza cargada de competencias al sol en humanas hermosuras, y gran cantidad de galas y libreas, lindos caballos, mucha gente de capa negra y muchos caballeros. Yo, que siempre oí decir: «Dime con quién fueres y direte cuál eres», por ir con buena compañía puse el pie en el umbral del camino, y sin sentirlo me hallé resbalado en medio de él como el que se desliza por el hielo, y topé con el que había menester, porque aquí todos eran bailes y fiestas, juegos y saraos, y no el otro camino, que por falta de sastres iban en él desnudos y rotos, y aquí nos sobraban mercaderes, joyeros y todos oficios. Pues ventas, a cada paso, y bodegones sin número. No podré encarecer qué contento me hallé en ir en compañía de gente tan honrada, aunque el camino estaba algo embarazado, no tanto con las mulas de los médicos como con las barbas de los letrados, que era terrible la escuadra de ellos que iba delante de unos jueces. No digo eso porque fuese menor el batallón de los doctores, a quien nueva elocuencia llama ponzoñas graduadas, pues se sabe que en sus universidades se estudia para tósigos. Animome para proseguir mi camino el ver no solo que iban muchos por él, sino la alegría que llevaban, y que del otro se pasaban algunos al nuestro, y del nuestro al otro por sendas secretas. Otros caían, que no se podían tener, y entre ellos fue de ver el cruel resbalón que una lechigada de taberneros dio en las lágrimas que otros habían derramado en el camino, que por ser agua se les fueron los pies y dieron en nuestra senda unos sobre otros. Íbamos dando vaya a los que veíamos por el camino de la virtud más atrabajados. Hacíamos burla de ellos, llamábamosles heces del mundo y desecho de la tierra. Algunos se tapaban los oídos y pasaban adelante; otros que se paraban a escucharnos, de ellos desvanecidos de las muchas voces y de ellos persuadidos de las razones y corridos de las vayas, caían y se bajaban. Vi una senda por donde iban muchos hombres de la misma suerte que los buenos, y desde lejos parecía que iban con ellos mismos; y llegado que hube vi que iban entre nosotros. Estos me dijeron que eran los hipócritas, gente en quien la penitencia, el ayuno, la mortificación, que en otros son mercancía del cielo, es noviciado del Infierno. Había muchas mujeres tras estos besándoles las ropas, que en besar algunas son peores que Judas, porque él besó, aunque con ánimo traidor, la cara del Justo Hijo de Dios y Dios verdadero, y ellas besan los vestidos de otros tan malos como Judas. Atribúyolo, más que a devoción, en algunas, a golosina en el besar. Otras iban cogiéndoles de las capas para reliquias, y algunas cortan tanto que da sospecha que lo hacen más por verlos en cueros o desnudos que por fe que tengan con sus obras. Otras se encomiendan a ellos en sus oraciones, que es como encomendarse al diablo por tercera persona. Vi algunas pedirles hijos, y sospecho que marido que consiente en que pida hijos a otro la mujer, se dispone a agradecérselo si se les diere. Esto digo por ver que pudiendo las mujeres encomendar sus deseos y necesidades a San Pedro, a San Pablo, a San Juan, a San Agustín, a Santo Domingo, a San Francisco, y otros santos, que sabemos que pueden con Dios, se den a estos que hacen oficio la humildad y pretenden irse al cielo de estrado en estrado y de mesa en mesa. Al fin conocí que iban estos arrebozados para nosotros, mas para los ojos eternos, que abiertos sobre todos juzgan el secreto más oscuro de los retiramientos del alma, no tienen máscara. Bien que hay muchos buenos espíritus a quien debemos pedir favor con los Santos y con Dios, mas son diferentes deseos de quien antes se les ve la disciplina que la cara y alimentan su ambiciosa felicidad del aplauso de los pueblos, y diciendo que son unos indignos y grandísimos pecadores y los más malos de la tierra, llamándose jumentos engañan con la verdad, pues siendo hipócritas, lo son al fin. Iban estos solos aparte y reputados por más necios que los moros, más zafios que los bárbaros y sin ley, pues aquellos, ya que no conocieron la vida eterna ni la van a gozar, conocieron la presente y holgáronse en ella, pero los hipócritas ni la una ni la otra conocen, pues en esta se atormentan y en la otra son atormentados, y en conclusión, deseos se dice con toda verdad que ganan el infierno con trabajos. Todos íbamos diciendo mal unos de otros, los ricos tras la riqueza, los pobres pidiendo a los ricos lo que Dios les quitó. Van por un camino los discretos, por no dejarse gobernar de otros, y los necios, por no entender a quien los gobiernan, aguijan a todo andar. Las justicias llevan tras sí los negociantes, la pasión a las mal gobernadas justicias, y los reyes desvanecidos y ambiciosos, todas las repúblicas. No faltaron en el camino muchos eclesiásticos, muchos teólogos. Vi algunos soldados, pero pocos, que por la otra senda, a fuerza de absoluciones y gracias, iban en hileras ordenados honradamente triunfando de su sangre; pero los que nos cupieron acá era gente, que si como habían extendido el nombre de Dios jurando, lo hubieran hecho peleando, fueran famosos. Estos iban muy desnudos, que por la mayor parte los tales que viven por su culpa, traen los golpes en los vestidos y sanos los cuerpos. Andaban cantando entre sí las ocasiones en que se habían visto, los malos pasos que habían andado (que nunca estos andan en buenos pasos) y nada de esto les creíamos, teniéndoles por mentirosos, solo cuando, por encarecer sus servicios, dijo uno a los otros: «¡Qué digo, camarada! ¡Qué trances hemos pasado y qué tragos!», lo de los tragos se les creyó, porque hacían fe recuas de mosquitos que les rodeaban las bocas, golosas del aliento parlero del mucho mosto que habían colado. Miraban a estos pocos los muchos capitanes, maestres de campo, generales de ejércitos, que iban por el camino de la mano derecha enternecidos, y oí decir a uno de ellos que no lo pudo sufrir, mirando las hojas de lata llenas de papeles inútiles que llevaban estos ciegos que digo:

-¡Soldados, por acá! ¿Esto es de valientes, dejar este camino de miedo de sus dificultades? Venid, que por aquí de cierto sabemos que solo coronan al que legítimamente peleare. ¿Qué vana esperanza os arrastra? ¿Las anticipadas promesas de los reyes? No siempre, con almas vendidas, es bien que temerosamente suene en vuestros oídos: «Mata o muere». Reprehended la hambre del premio, que de buen varón es seguir la virtud sola, y de codiciosos los premios no más, y quien no sosiega en la virtud y la sigue por el interés y mercedes que se siguen, más es mercader que virtuoso, pues la hace a precio de perecederos bienes. Ella es don de sí misma, quietaos en ella.

Y aquí alzó la voz, y dijo:

-Advertid que la vida del hombre es guerra consigo mismo, y que toda la vida nos tienen en armas los enemigos del alma, que nos amenazan más dañoso vencimiento. Y advertid que ya los príncipes tienen por deuda nuestra sangre y vida, pues perdiéndolas por ellos, los más dicen que los pagamos y no que los servimos. ¡Volved, volved!

Oyéronlo ellos muy atentamente, y corridos de lo que les decían, como unos leones se entraron en una taberna.

Iban las mujeres al infierno tras el dinero de los hombres y los hombres tras ellas y su dinero, tropezando unos con otros. Noté cómo al fin del camino de los buenos algunos se engañaban y pasaban al de la perdición, porque como ellos saben que el camino del cielo es angosto y el del infierno ancho, y al acabar veían al suyo ancho y el nuestro angosto, pensando que habían errado o trocado los caminos, se pasaban acá, y de acá allá los que se desengañaban del remate del nuestro. Vi una mujer que iba a pie, y espantado de que mujer se fuese al infierno sin silla o coche, busqué un escribano que me diera fe de ello y en todo el camino del infierno pude hallar ningún escribano ni alguacil, y como no los vi en él, luego colegí que era aquel el camino del cielo y este otro al revés. Quedé algo consolado, y solo me quedaba duda que como yo había oído decir que iban con grandes asperezas y penitencias por el camino de él, y veía que todos se iban holgando..., cuando me sacó de esta duda una gran parva de casados que venían con sus mujeres de las manos, y que la mujer era ayuno del marido, pues por darle la perdiz y el capón no comía; y que era su desnudez, pues por darle galas demasiadas y joyas impertinentes iba en cueros; y al fin conocí que un mal casado tiene en su mujer toda la herramienta necesaria para mártir, y ellos y ellas, a veces, el infierno portátil. Ver esta asperísima penitencia me confirmó de nuevo en que íbamos bien, mas durome poco, porque oí decir a mis espaldas:

-Dejen pasar los boticarios.

-¿Boticarios pasan? -dije yo entre mí-. Al infierno vamos.

Y fue así, porque al punto nos hallamos dentro por una puerta como de ratonera, fácil de entrar y imposible de salir. Y fue de ver que nadie en todo el camino dijo: «Al infierno vamos», y todos, estando en él, dijeron muy espantados: «En el infierno estamos».

-¿En el infierno? -dije yo muy afligido-. No puede ser.

Y quíselo poner a pleito. Comenceme a lamentar de las cosas que dejaba en el mundo, los parientes, los amigos, los conocidos, las damas, y estando llorando esto, volví la cara hacia el mundo y vi venir por el mismo camino despeñándose a todo correr cuanto había conocido allá, poco menos. Consoleme algo en ver esto, y que según se daban prisa a llegar al infierno, estarían conmigo presto. Comenzóseme a hacer áspera la morada y desapacibles los zaguanes. Fui entrando poco a poco entre unos sastres que se me llegaron, que iban medrosos de los diablos. En la primera entrada hallamos siete demonios escribiendo los que íbamos entrando. Preguntáronme mi nombre, díjele y pasé; llegaron a mis compañeros y dijeron que eran sastres; y dijo uno de los diablos:

-Deben entender los sastres en el mundo que no se hizo el infierno sino para ellos, según se vienen por acá.

Preguntó otro diablo cuántos eran. Respondieron que ciento, y respondió un demonio mal barbado entrecano:

-¿Ciento y sastres? No pueden ser tan pocos. La menor partida que hemos recibido ha sido de mil ochocientos. En verdad que estamos por no recibirles.

Afligiéronse ellos, mas al fin entraron. Ved cuáles son los sastres, que es para ellos amenaza el no dejarlos entrar en el infierno. Entró el primero un negro, chiquito, rubio de mal pelo; dio un salto en viéndose allá y dijo:

-Ahora acá estamos todos.

Salió de un lugar donde estaba aposentado un diablo de marca mayor, corcovado y cojo, y arrojándolos en una hondura muy grande dijo:

-Allá va leña.

Por curiosidad me llegué a él y le pregunté de qué estaba corcovado y cojo, y me dijo (que era diablo de pocas palabras):

-Yo era recuero de sastres; iba por ellos al mundo; de traerlos a cuestas me hice corcovado y cojo. He dado en la cuenta y halo que se vienen ellos mucho más aprisa que yo los puedo traer.

En esto hizo otro vómito de sastres el mundo, y hube de entrarme porque no había dónde estar ya allí, y el monstruo infernal a traspalar, y dice que es la mejor leña que se quema en el infierno sastres.

Pasé adelante por un pasadizo muy oscuro, cuando por mi nombre me llamaron. Volví a la voz los ojos, casi tan medrosa como ellos, y hablome un hombre que por las tinieblas no pude divisar más de lo que la llama que le atormentaba me permitía.

-¿No me conoce? -me dijo-, a... -ya lo iba a decir- ... -y prosiguió, tras su nombre-, el librero. Pues yo soy. ¿Quién tal pensara?

Y es verdad Dios que yo siempre lo sospeché, porque era su tienda el burdel de los libros, pues todos los cuerpos que tenía eran de gente de la vida, escandalosos y burlones. Un rótulo que decía: «Aquí se vende tinta fina y papel batido y dorado»; pudiera condenar a otro que hubiera menester más apetitos por ello.

-¿Qué quiere? -me dijo, viéndome suspenso tratar conmigo estas cosas-, pues es tanta mi desgracia que todos se condenan por las malas obras que han hecho, y yo y todos los libreros nos condenamos por las obras malas que hacen los otros, y por lo que hicimos barato de los libros en romance y traducidos de latín, sabiendo ya con ellos los tontos lo que encarecían en otros tiempos los sabios, que ya hasta el lacayo latiniza, y hallarán a Horacio en castellano en la caballeriza.

Más iba a decir, sino que un demonio le comenzó de atormentar con humazos de hojas de sus libros y otro a leerle algunos de ellos. Yo que vi que ya no hablaba, fuime adelante diciendo entre mí:

-Si hay quien se condena por obras malas ajenas, ¿qué harán los que las hicieron propias?

En esto iba cuando en una gran zahúrda andaban mucho número de ánimas gimiendo y muchos diablos con látigos y zurriagas azotándolos. Pregunté qué gente eran y dijeron que no eran sino cocheros; y dijo un diablo lleno de cazcarrias, romo y calvo, que quisiera más (a manera de decir) lidiar con lacayos, porque había cochero de aquellos que pedía aún dineros por ser atormentado, y que la tema de todos era que habían de poner pleito a los diablos por el oficio, pues no sabían chasquear los azotes tan bien como ellos.

-¿Qué causa hay para que estos penen aquí? -dije.

Y tan presto se levantó un cochero viejo de aquellos, barbinegro y malcarado, y dijo:

-Señor, porque siendo pícaros nos venimos al infierno a caballo y mandando.

Aquí le replicó el diablo:

-¿Y por qué calláis lo que encubriste en el mundo, los pecados que facilitasteis, y lo que mentisteis en un oficio tan vil?

Dijo un cochero (que lo había sido de un consejero, y aún esperaba que le había de sacar de allí):

-No ha habido tan honrado oficio en el mundo de diez años a esta parte, pues nos llegaron a poner cotas y sayos vaqueros, hábitos largos y valona en forma de cuellos bajos, por lo que parecíamos confesores en saber pecados, y supimos muchas cosas nosotros que no las supieron ellos. ¿Cómo supieran condenarse las mujeres de los sastres en su rincón, si no fuera por el desvanecimiento de verse en coche?, que hay mujer deseos, de honra postiza, que se fue por su pie al don como a la pila santa catecúmena, que por tirar una cortina, ir a una testera, hartará de ánimas a los diablos.

-Así -dijo un diablo- soltose el cocherillo y no callará en diez años.

-¿Qué he de callar? -dijo-, si nos tratáis de esta manera, debiendo regalarnos, pues no os traemos al infierno la hacienda maltratada, arrastrada y a pie, llena de rabos, como los siempre rotos escuderos, zanqueando y despeados, sino sahumada, descansada, limpia y en coche. ¡Por otros lo hiciéramos que lo supieran agradecer! ¡Pues decir que merezco yo eso porque llevé tullidos a misa, enfermos a comulgar o monjas a sus conventos! No se probará que en mi coche entrase nadie con buen pensamiento. Llegó a tanto que, por casarse y saber si una era doncella, se hacía información si había entrado en él, porque era señal de corrupción. ¿Y tras de esto me das este pago?

-¡Vía! -dijo un demonio mulato y zurdo.

Redobló los palos y callaron; y forzome ir adelante el mal olor de los cocheros que andaban por allí.

Y llegueme a unas bóvedas donde comencé a tiritar de frío y dar diente con diente, que me helaba. Pregunté movido de la novedad de ver frío en el infierno, qué era aquello, y salió a responder un diablo zambo, con espolones y grietas, lleno de sabañones y dijo:

-Señor, este frío es de que en esta parte están recogidos los bufones, truhanes y juglares chocarreros, hombres por demás y que sobraban en el mundo, y que están aquí retirados, porque si anduvieran por el infierno sueltos, su frialdad es tanta que templaría el dolor del fuego.

Pedile licencia para llegar a verlos, diómela, y calofriado llegué y vi la más infame casilla del mundo, y una cosa que no habrá quien lo crea, que se atormentaban unos a otros con las gracias que habían dicho acá. Y entre los bufones vi muchos hombres honrados que yo había tenido por tales. Pregunté la causa, y respondiome un diablo que eran aduladores, y que por esto eran bufones de entre cuero y carne. Y repliqué yo cómo se condenaban, y me respondieron que, como se condenan otros por no tener gracia, ellos se condenan por tenerla, o quererla tener.

-Gente es que se viene acá sin avisar, a mesa puesta y a cama hecha, como en su casa. Y en parte los queremos bien, porque ellos se son diablos para sí y para otros, y nos ahorran de trabajos, y se condenan a sí mismos, y por la mayor parte en vida los más ya andan con marca del infierno, porque el que no se deja arrancar los dientes por dinero, se deja matar hachas en las nalgas o pelar las cejas, y así cuando acá los atormentamos, muchos de ellos después de las penas solo echan menos las pagas. ¿Veis aquel? -me dijo-. Pues mal juez fue, y está entre los bufones, pues por dar gusto no hizo justicia, y a dos derechos que no hizo tuertos los hizo bizcos. Aquel fue marido descuidado, y está también entre los bufones, porque por dar gusto a todos vendió el que tenía con su esposa, y tomaba a su mujer en dineros como ración, y se iba a sufrir. Aquella mujer, aunque principal, fue juglar, y está entre los truhanes, porque por dar gusto hizo plato de sí misma a todo apetito. Al fin, de todos estados entran en el número de los bufones, y por eso hay tantos; que, bien mirado, en el mundo todos sois bufones, pues los unos os andáis riendo de los otros, y en todos, como digo, es naturaleza y en unos pocos oficio. Fuera deseos hay bufones desgranados y bufones en racimo; los desgranados son los que de uno en uno y de dos en dos andan a casa de los señores. Los en racimo son los faranduleros miserables, y deseos os certifico que si ellos no se nos viniesen por acá, que nosotros no iríamos por ellos.

Trabose una pendencia adentro y el diablo acudió a ver lo que era. Yo, que me vi suelto, entreme por un corral adelante, y hedía a chinches que no se podía sufrir.

-¿A chinches hiede? -dije yo-. Apostaré que alojan por aquí los zapateros.

Y fue así, porque luego sentí el ruido de los bojes y vi los trinchetes. Tapeme las narices y asomeme a la zahúrda donde estaban, y había infinitos. Díjome el guardián:

-Estos son los que vinieron consigo mismos, digo, en cueros, y como otros se van al infierno por su pie, estos se van por los ajenos y por los suyos, y así vienen tan ligeros.

Y doy fe de que en todo el infierno no hay árbol ninguno chico ni grande y que mintió Virgilio en decir que había mirtos en el lugar de los amantes, porque yo no vi selva ninguna sino en el cuartel que dije de los zapateros, que estaba todo lleno de bojes, que no se gasta otra madera en los edificios. Estaban casi todos los zapateros vomitando de asco de unos pasteleros que se les arrimaban a las puertas, que no cabían en un silo donde estaban tantos que andaban mil diablos con pisones atestando almas de pasteleros, y aún no bastaban.

-¡Ay de nosotros! -dijo uno-, que nos condenamos por el pecado de la carne sin conocer mujer, tratando más en huesos.

Lamentábase bravamente, cuando dijo un diablo:

-¡Ladrones! ¿Quién merece el infierno mejor que vosotros, pues habéis hecho comer a los hombres caspa y os han servido de pañizuelos los de a real sonándoos en ellos, donde muchas veces pasó por caña el tuétano de las narices? ¡Qué de estómagos pudieran ladrar si resucitaran los perros que les hiciste comer! ¡Cuántas veces pasó por pasa la mosca golosa, y muchas fue el mayor bocado de carne que comió el dueño del pastel! ¡Qué de dientes habéis hecho jinetes y qué de estómagos habéis traído a caballo dándoles a comer rocines enteros! ¿Y os quejáis, siendo gente antes condenada que nacida los que hacéis así vuestro oficio? ¿Pues qué pudiera decir de vuestros caldos? Mas no soy amigo de revolver caldos. Padeced y callad enhoramala, que más hacemos nosotros en atormentaros que vosotros en sufrirlo. Y vos andad adelante, me dijo a mí, que tenemos que hacer estos y yo.

Partime de allí y subime por una cuesta donde en la cumbre y alrededor se estaban abrasando unos hombres en fuego inmortal, el cual encendían los diablos en lugar de fuelles con corchetes, que soplaban mucho más, que aun allá tienen este oficio ellos y los malditos alguaciles, por soplar, daban crueles voces. Uno de ellos decía:

-Yo al justo vendí, ¿qué me persiguen?

Dije yo entre mí:

-¿Al Justo vendiste? Este es Judas.

Y llegueme con codicia de ver si era barbinegro o bermejo, cuando le conozco, y era un mercader que poco antes había muerto.

-¿Acá estáis? -dije yo-. ¿Qué os parece? ¿No valiera más haber tenido poca hacienda y no estar aquí?

Dijo en esto uno de los atormentadores:

-Pensaron los ladronazos que no había más y quisieron con la vara de medir hacer lo que Moisés con la vara de Dios, y sacar agua de las piedras. Estos son -dijo- los que han ganado como buenos caballeros el infierno por sus pulgares, pues a puras pulgaradas se nos vienen acá. Mas, ¿quién duda que la oscuridad de sus tiendas les prometía estas tinieblas? Gente es esta -dijo al cabo muy enojado- que quiso ser como Dios, pues pretendieron ser sin medida, mas el que todo lo ve los trajo de sus rasos a estos nublados que los atormenten con rayos. Y si quieres acabar de saber cómo estos son los que sirven allá a la locura de los hombres, juntamente con los plateros y buhoneros, has de advertir que si Dios hiciera que el mundo amaneciera cuerdo un día, todos estos quedaran pobres, pues entonces se conociera que en el diamante, perlas, oro y sedas diferentes pagamos más lo inútil y demasiado y raro que lo necesario y honesto. Y advertid ahora que la cosa que más cara se os vende en el mundo es lo que menos vale, que es la vanidad que tenéis, y estos mercaderes son los que alimentan todos vuestros desórdenes y apetitos.

Tenía talle de no acabar sus propiedades si yo no me pasara adelante movido de admiración de unas grandes carcajadas que oí. Fuime allá por ver risa en el infierno, cosa tan nueva.

-¿Qué es esto? -dije; cuando veo dos hombres dando voces en un alto, muy bien vestidos con calzas atacadas. El uno con capa y gorra, puños como cuellos y cuellos como calzas. El otro traía valones y un pergamino en las manos, y a cada palabra que hablaban se hundían siete o ocho mil diablos de risa, y ellos se enojaban más. Llegueme más cerca por oírlos y oí al del pergamino, que a la cuenta era hidalgo, que decía:

-Pues si mi padre se decía tal cual, y soy nieto de Esteban cuales y tales, y ha habido en mi linaje trece capitanes valerosísimos y de parte de mi madre doña Rodriga diciendo de cinco catedráticos, los más doctos del mundo, ¿cómo me puedo haber condenado? ¡Y tengo mi ejecutoria, y soy libre de todo y no debo pagar pecho!

-Pues pagad espalda -dijo un diablo; y diole luego cuatro palos en ellas que le derribó de la cuesta, y luego le dijo:

-Acabaos de desengañar que el que desciende del Cid, de Bernardo y de Gofredo y no es como ellos, sino vicioso como vos, ese tal más destruye el linaje que lo hereda. Toda la sangre, hidalguillo, es colorada, y parecedlo en las costumbres, y entonces creeré que descendéis del docto cuando lo fueras o procuraras serlo, y si no, vuestra nobleza será mentira breve en cuanto durare la vida, que en la chancillería del infierno arrúgase el pergamino y consúmense las letras, y el que en el mundo es virtuoso, ese es el hidalgo, y la virtud es la ejecutoria que acá respetamos, pues aunque descienda de hombres viles y bajos, como él con divinas costumbres se haga digno de imitación, se hace noble a sí y hace linaje para otros. Reímonos acá de ver lo que ultrajáis a los villanos, moros y judíos, como si en estos no cupieran las virtudes que vosotros despreciáis. Tres cosas son las que hacen ridículos a los hombres: la primera la nobleza, la segunda la honra y la tercera la valentía; pues es cierto que os contentáis con que hayan tenido vuestros padres virtud y nobleza para decir que la tenéis vosotros, siendo inútil parto del mundo. Acierta a tener muchas letras el hijo del labrador, es arzobispo el villano que se aplica a honestos estudios; y el caballero que desciende de buenos padres, como si hubieran ellos de gobernar el cargo que les dan, quieren (ved qué ciegos) que les valga a ellos viciosos la virtud ajena de trescientos mil años, ya casi olvidada, y no quieren que el pobre se honre con la propia.

Carcomiose el hidalgo de oír estas cosas, y el caballero que estaba a su lado se afligía, pegando los abanillos del cuello y volviendo las cuchilladas de las calzas.

-¿Pues qué diré de la honra mundana, que más tiranías hace en el mundo, y más daños y la que más gastos estorba? Muere de hambre un caballero pobre, no tiene con qué vestirse, ándase roto y remendado, o da en ladrón y no lo pide, porque dice que tiene honra, ni quiere servir porque dice que es deshonra. Todo cuanto se busca y afana dicen los hombres que es por sustentar honra. ¡Oh, lo que gasta la honra!; y llegado a ver lo que es la honra mundana, no es nada. Por la honra no come el que tiene gana donde le sabría bien; por la honra se muere la viuda entre dos paredes; por la honra, sin saber qué es hombre ni qué es gusto, se pasa la doncella treinta años casada consigo misma; por la honra la casada se quita a su deseo cuanto pide; por la honra pasan los hombres el mar, por la honra mata un hombre a otro; por la honra gastan todos más de lo que tienen. Y es la honra mundana, según esto, una necedad del cuerpo y alma, pues al uno quita los gustos y al otro la gloria. Y porque veáis cuáles sois los hombres desgraciados y cuán a peligro tenéis lo que más estimáis, hase de advertir que las cosas de más valor en vosotros son la honra, la vida y la hacienda. La honra está en arbitrio de las mujeres, la vida en manos de los doctores y la hacienda en las plumas de los escribanos. Desvaneceos, pues, bien, mortales.

Dije yo entre mí:

-¡Y cómo se echa de ver que esto es el infierno, donde por atormentar a los hombres con amarguras les dicen las verdades!

Tornó en esto a proseguir y dijo:

-La valentía, ¿hay cosa tan digna de burla?; pues no habiendo ninguna en el mundo, si no es la caridad con que se vence la fiereza, la de sí mismos, y la de los mártires, todo el mundo es de valientes, siendo verdad que todo cuanto hacen los hombres, cuanto han hecho tantos capitanes valerosos como ha habido en la guerra, no lo han hecho de valentía sino de miedo. Pues el que pelea en la tierra por defenderla, pelea de miedo de mayor mal, que es ser cautivo y verse muerto, y el que sale a conquistar los que están en sus casas, a veces lo hace de miedo de que el otro no le acometa, y los que no llevan este intento van vencidos de la codicia (¡ved qué valientes!) a robar oro y a inquietar los pueblos apartados, a quien Dios puso como defensa a nuestra ambición mares en medio y montañas ásperas. Mata uno a otro primero, vencido de la ira, pasión ciega, y otras veces de miedo de que le mate a él. Así los hombres, que todo lo entendéis al revés, bobo llamáis al que no es codicioso, alborotador, maldiciente; y sabio llamáis al mal acondicionado, perturbador y escandaloso; valiente al que perturba el sosiego y cobarde al que con bien compuestas costumbres, escondido de las ocasiones, no da lugar a que le pierdan el respeto. Estos tales son en quien ningún vicio tiene licencia.

-¡Oh, pesia tal! -dije yo-. Más estimo haber oído este diablo que cuanto tengo.

Dijo en esto el de las calzas atacadas muy mohíno:

-Todo eso se entiende con ese escudero, pero no conmigo, a fe de caballero -y tardó a decir caballero tres cuartos de hora-, que es ruin término y descortesía. ¡Deben de pensar que todos somos unos!

Esto les dio a los diablos grandísima risa, y luego, llegándose uno a él, le dijo que se desenojase y mirase qué había menester, y qué era la cosa que más pena le daba, porque le querían tratar como quien era. Y al punto dijo:

-Bésoos las manos; un molde para repasar el cuello.

Tornaron a reír y él a atormentarse de nuevo. Yo, que tenía gana de ver todo lo que hubiese, pareciendo que me había detenido mucho, me partí, y a poco que anduve topé una laguna muy grande como el mar, y mas sucia, adonde era tanto el ruido que se me desvanecía la cabeza.

Pregunté lo que era aquello, y dijéronme que allí penaban las mujeres que en el mundo se volvieron en dueñas. Así supe cómo las dueñas de acá son ranas del infierno, que eternamente como ranas están hablando sin ton y sin son, húmedas y en cieno, y son propiamente ranas infernales, porque las dueñas ni son carne ni pescado, como ellas. Diome gran risa el verlas convertidas en sabandijas tan perniabiertas y que no se come sino de medio abajo, como la dueña, cuya cara siempre es trabajosa y arrugada. Salí, dejando el charco a mano izquierda, a una dehesa donde estaban muchos hombres arañándose y dando voces, y eran infinitísimos, y tenía seis porteros. Pregunté a uno qué gente era aquella tan vieja y tan en cantidad.

-Este es -dijo- el cuarto de los padres que se condenan por dejar ricos a sus hijos, que por otro nombre se llama el cuarto de los necios.

-¡Ay de mí! -dijo en esto uno-, que no tuve día sosegado en la otra vida, ni comí ni vestí, por hacer un mayorazgo y después de hecho por aumentarle, y en haciéndole, me morí sin miedo por no gastar dineros amontonados, y apenas expiré cuando mi hijo se enjugó las lágrimas con ellos; y cierto de que estaba en el infierno por lo que vio que había ahorrado, viendo que no había menester misas, no me las dijo ni cumplió manda mía; y permite Dios que aquí, para más pena, le vea desperdiciar lo que yo afané, y le oigo decir: «Ya se condenó mi padre: ¿por qué no tomó más sobre su ánima y se condenó por cosas de más importancias?».

-¿Queréis saber -dijo un demonio- qué tanta verdad es esa, que tienen ya por refrán en el mundo contra estos miserables decir: «Dichoso el hijo que tiene a su padre en el infierno»?

Apenas oyeron esto cuando se pusieron todos a aullar y darse de bofetones. Hiciéronme lástima, no lo pude sufrir y pasé adelante. Y llegando a una cárcel obscurísima oí gran ruido de cadenas y grillos, fuego, azotes y gritos. Pregunté a uno de los que allí estaban qué estancia era aquella, y dijéronme que era el cuarto de los que: «¡Oh, quién hubiera!».

-No lo entiendo -dije-. ¿Quién son los de: «¡Oh, quién hubiera!»?

Dijo al punto:

-Son gente necia que en el mundo vivía mal y se condenó sin entenderlo, y ahora acá se les va todo en decir: «¡Oh, quién hubiera oído misa! ¡Oh, quién hubiera callado! ¡Oh, quién hubiera favorecido al pobre! ¡Oh, quién hubiera confesado!».

Huí medroso de tan mala gente y tan ciega y di en unos corrales con otra peor. Pero admiróme más el título con que estaban aquí, porque preguntándoselo a un demonio, me dijo:

-Estos son los de: «Dios es piadoso, Dios sea conmigo».

Dije al punto:

-¿Pues cómo puede ser que la misericordia condene, siendo eso de la justicia? Vos habláis como diablo.

-Y vos -dijo el diablo- como ignorante; ¿pues no sabéis que la mitad de los que están aquí se condenan por la misericordia de Dios? Y si no, mirad cuántos son los que, cuando hacen algo mal hecho, se lo reprehenden, pasan adelante y dicen: «Dios es piadoso y no mira en niñerías; para eso es la misericordia de Dios tanta». Y con esto, mientras ellos haciendo mal esperan en Dios, nosotros los esperamos acá.

-¿Luego no se ha de esperar en Dios y en su misericordia? -dije yo.

-No lo entiendes -me respondieron-, que de la piedad de Dios se ha de fiar, porque ayuda a buenos deseos y premia buenas obras, pero no todas veces con consentimiento de obstinaciones, que se burlan a sí las almas que consideran la misericordia de Dios encubridora de maldades, y la aguardan como ellos la han menester y no como ella es, purísima y infinita en los santos y capaces de ella, pues los mismos que más en ella están confiados son los que menos la dan para su remedio. No merece la piedad de Dios quien sabiendo que es tanta la convierte en licencia y no en provecho espiritual, y de muchos tiene Dios misericordia que no la merecen ellos, y en los más en así, pues nada de su mano pueden, sino por sus méritos, y el hombre que más hace es procurar merecerla, porque no os desvanezcáis y sepáis que aguardáis siempre al postrero día lo que quisierais haber hecho al primero, y que las más veces está pasado por vosotros lo que teméis que ha de venir.

-¿Esto se ve y se oye en el infierno? ¡Ah, lo que aprovechara allá uno deseos escarmentados!

Diciendo esto llegué a una caballeriza donde estaban los tintoreros, que no averiguara un pesquisidor quiénes eran, porque los diablos parecían tintoreros y los tintoreros diablos. Pregunté a un mulato que a puros cuernos tenía hecha espetera la frente, que dónde estaban los sodomitas, las viejas y los cornudos. Dijo:

-En todo el infierno están, que esa es gente que en vida son diablos, pues es su oficio traer corona de hueso. De los sodomitas y viejas, no solo no sabemos de ellos, pero ni querríamos saber que supiesen de nosotros, que en ellos peligran nuestras asentaderas, y los diablos por eso traemos colas, porque como aquellos están acá, hemos menester mosqueador de los rabos; de las viejas, porque aun acá nos enfadan y atormentan, y no hartas de vida, hay algunas que nos enamoran. Muchas han venido acá muy arrugadas y canas y sin diente ni muela, y ninguna ha venido cansada de vivir. Y otra cosa más graciosa, que si os informáis de ellas, ninguna vieja hay en el infierno, porque la que está calva y sin muelas, arrugada y lagañosa de pura edad y de puro vieja, dice que el cabello se le cayó de una enfermedad, que los dientes y muelas se le cayeron de comer dulce, que está gibada de un golpe, y no confesará que son años si pensare remozar por confesarlo.

Junto a estos estaban unos pocos dando voces y quejándose de su desdicha.

-¿Qué gente es esta? -pregunté.

Y respondiome uno de ellos:

-Los sin ventura, muertos de repente.

-Mentís -dijo un diablo-, que ningún hombre muere de repente, y de descuidado y divertido sí. ¿Cómo puede morir de repente quien desde que nace ve que va corriendo por la vida y lleva consigo la muerte? ¿Qué otra cosa veis en el mundo sino entierros, muertos y sepulturas? ¿Qué otra cosa oís en los púlpitos y leéis en los libros? ¿A qué volvéis los ojos que no os acuerde de la muerte? Vuestro vestido que se gasta, la casa que se cae, el muro que se envejece, y hasta el sueño cada día os acuerda de la muerte retratándola en sí. ¿Pues cómo puede haber hombre que se muera de repente en el mundo, si siempre lo andan avisando tantas cosas? No os habéis de llamar, no, gente que murió de repente, sino gente que murió incrédula de que podía morir así, sabiendo con cuán secretos pies entra la muerte en la mayor mocedad, y que en una misma hora en dar bien y mal suele ser madre y madrastra.

Volví la cabeza a un lado y vi en un seno muy gran apretura de almas, y diome un mal olor.

-¿Qué es esto? -dije.

Y respondiome un juez amarillo que estaba castigándolos:

-Estos son los boticarios, que tienen el infierno lleno de bote en bote, gente que como otros buscan ayudas para salvarse, estos las tienen para condenarse. Estos son los verdaderos alquimistas, que no Demócrito Abderita en la Arte Sacra, Avicena, Hebreo ni Raimundo Llull, porque ellos escribieron cómo de los metales se podía hacer oro, y no lo hicieron ellos, y si lo hicieron nadie lo ha sabido hacer después acá, pero estos tales boticarios, de la agua turbia, que no clara, hacen oro, y de los palos; oro hacen de las moscas, del estiércol; oro hacen de las arañas, de los alacranes y sapos, y oro hacen del papel, pues venden hasta el papel en que dan el ungüento. Así que solo para estos puso Dios virtud en las hierbas y piedras y palabras, pues no hay hierba, por dañosa que sea y mala, que no les valga dineros, hasta la ortiga y cicuta, ni hay piedra que no les dé ganancia, hasta el guijarro crudo, sirviendo de moleta. En las palabras también, pues jamás a estos les falta cosa que les pidan, aunque no la tengan, como vean dinero, pues dan por aceite de Matiolo aceite de ballena, y no compra sino las palabras el que compra. Y su nombre no había de ser boticario, sino armeros, ni sus tiendas no se habían de llamar boticas, sino armerías de los doctores, donde el médico toma la daga de los lamedores, el montante de los jarabes y el mosquete de la purga maldita, demasiada, recetada a mala sazón y sin tiempo. Allí se ve todo esmeril de ungüentos, la asquerosa arcabucería de medicinas con munición de calas. Muchos deseos se salvan, pero no hay que pensar que cuando mueren tienen con qué enterrarse. Y si queréis reír, ved tras ellos los barberillos cómo penan, que en subiendo esos dos escalones están en ese cerro.

Pasé allá y vi (¡qué cosa tan admirable y qué justa pena!) los barberos atados y las manos sueltas, y sobre la cabeza una guitarra, y entre las piernas un ajedrez con las piezas de juego de damas, y cuando iba con aquella ansia natural de pasacalles a tañer, la guitarra se le huía, y cuando volvía abajo a dar de comer a una pieza, se le sepultaba el ajedrez y esta era su pena. No entendí salir de allí de risa.

Estaban tras de una puerta unos hombres, muchos en cantidad, quejándose de que no hiciesen caso de ellos aun para atormentarlos, y estábales diciendo un diablo que eran todos tan diablos como ellos, que atormentasen a otros.

-¿Quién son? -le pregunté.

Y dijo el diablo:

-Hablando con perdón, los zurdos, gente que no puede hacer cosa a derechas, quejándose de que no están con los otros condenados; y acá dudamos si son hombres o otra cosa, que en el mundo ellos no sirven sino de enfados y de mal agüero, pues si uno va en negocios y topa zurdos se vuelve como si topara un cuervo o oyera una lechuza. Y habéis de saber que cuando Scévola se quemó el brazo derecho porque erró a Porsena, que fue no por quemarle y quedar manco, sino queriendo hacer en sí un gran castigo, dijo: «¿Así que erré el golpe? Pues en pena he de quedar zurdo». Y cuando la Justicia manda cortar a uno la mano derecha por una resistencia, es la pena hacerle zurdo, no el golpe; y no queráis más que queriendo el otro echar una maldición muy grande, fea y afrentosa, dijo:

Lanzada de moro izquierdo

te atraviese el corazón.

y en el día del Juicio todos los condenados, en señal de serlo, estarán a la mano izquierda. Al fin, es gente hecha al revés y que se duda si son gente.

En esto me llamó un diablo por señas y me advirtió con las manos que no hiciese ruido. Llegueme a él y asomeme a una ventana, y dijo:

-Mira lo que hacen las feas.

Y veo una muchedumbre de mujeres, unas tomándose puntos en las caras, otras haciéndose de nuevo, porque ni la estatura en los chapines, ni la ceja con el cohol, ni el cabello en la tinta, ni el cuerpo en la ropa, ni las manos con la muda, ni la cara con el afeite, ni los labios con la color, eran los con que nacieron ellas. Y vi algunas poblando sus calvas con cabellos que eran suyos solo porque los habían comprado. Otra vi que tenía su media cara en las manos, en los botes de unto y en la color.

-Y no queráis más de las invenciones de las mujeres -dijo un diablo-, que hasta resplandor tienen, sin ser soles ni estrellas. Las más duermen con una cara y se levantan con otra al estrado, y duermen con unos cabellos y amanecen con otros. Muchas veces pensáis que gozáis las mujeres de otro y no pasáis el adulterio de la cáscara. Mirad cómo consultan con el espejo sus caras. Estas son las que se condenan solamente por buenas siendo malas.

Espantome la novedad de la causa con que se habían condenado aquellas mujeres. Y volviendo vi un hombre asentado en una silla a solas sin fuego, ni hielo, ni demonio, ni pena alguna, dando las más desesperadas voces que oí en el infierno, llorando el propio corazón, haciéndose pedazos a golpes y a vuelcos.

-¡Váleme Dios! -dije en mi alma-. ¿De qué se queja este, no atormentándole nadie?

Y él, cada punto doblaba sus alaridos y voces.

-Dime -dije yo-, ¿qué eres y de qué te quejas, si ninguno te molesta, si el fuego no te arde ni el hielo te cerca?

-¡Ay! -dijo dando voces-, que la mayor pena del infierno es la mía. ¿Verdugos te parece que me faltan? ¡Triste de mí, que los más crueles están entregados a mi alma! ¿No los ves? -dijo, y empezó a morder la silla y a dar vueltas alrededor y gemir:

-Velos que sin piedad van midiendo a descompasadas culpas eternas penas. ¡Ay, qué terrible demonio eres, memoria del bien que pude hacer y de los consejos que desprecié, y de los males que hice! ¡Qué representación tan continua! ¡Déjasme tú y sale el entendimiento con imaginaciones de que hay gloria que pude gozar y que otros gozan a menos costa que yo mis penas! ¡Oh, qué hermoso que pintas el cielo, entendimiento, para acabarme! ¡Déjame un poco siquiera! ¿Es posible que mi voluntad no ha de tener paz conmigo un punto? ¡Ay, huésped, y qué tres llamas invisibles, y qué sayones incorpóreos me atormentan en las tres potencias del alma!; y cuando estos se cansan entra el gusano de la conciencia, cuya hambre en comer del alma nunca se acaba. Vesme aquí miserable, y perpetuo alimento de sus dientes.

Y diciendo esto salió la voz:

-¿Hay en todo este desesperado palacio quien trueque sus almas y sus verdugos a mis penas? Así, mortal, pagan los que supieron en el mundo, tuvieron letras y discurso y fueron discretos; ellos son infierno y martirio de sí mismos.

Tornó amortecido a su ejercicio con más muestras de dolor. Aparteme de él, medroso, diciendo:

-Ved de lo que sirve caudal de razón y doctrina y buen entendimiento mal aprovechado. ¡Quién se lo vio llorar solo, y tenía dentro de su alma aposentado el infierno!

Llegueme, diciendo esto, a una gran compañía donde penaban en diversos puestos muchos, y vi unos carros en que traían atenaceando muchas almas con pregones delante. Llegueme a oír el pregón, y decía:

-Estos manda Dios castigar por escandalosos y porque dieron mal ejemplo.

Y vi a todos los que penaban, que cada uno los metía en sus penas, y así pasaban las de todos, como causadores de su perdición. Pues estos son los que enseñan en el mundo malas costumbres, de quien Dios dijo que valiera más no haber nacido.

Pero diome risa ver unos taberneros que se andaban sueltos por todo el infierno, penando sobre su palabra, sin prisión ninguna, teniéndola cuantos estaban en él. Y preguntando por qué a ellos solos los dejaban andar sueltos, dijo un diablo:

-Y les abrimos las puertas, que no hay para qué temer que se irán del infierno gente que hace en el mundo tantas diligencias para venir. Fuera de que los taberneros trasplantados acá, en tres meses son tan diablos como nosotros. Tenemos solo cuenta de que no lleguen al fuego de los otros, porque no lo agüen. Pero si queréis saber notables cosas, llegaos a aquel cerco; veréis en la parte del infierno más hondo a Judas con su familia descomulgada de malditos despenseros.

Hícelo así y vi a Judas, que me holgué mucho, cercado de sucesores suyos, y sin cara. No sabré decir sino que me sacó de la duda de ser barbirrojo como le pintan los españoles por hacerle extranjero, o barbinegro como le pintan los extranjeros por hacerle español, porque él me pareció capón, y no es posible menos, ni que tan mala inclinación y ánimo tan doblado se hallase sino en quien, por serlo, no fuese ni hombre ni mujer. ¿Y quién sino un capón tuviera tan poca vergüenza que besara a Cristo para venderle? ¿Y quién sino un capón pudiera condenarse por llevar las bolsas? ¿Y quién sino un capón tuviera tan poco ánimo que se ahorcase, sin acordarse de la mucha misericordia de Dios? Ello yo creo por muy cierto lo que manda la Iglesia Romana, pero en el infierno capón me pareció que era Judas. Y lo mismo digo de los diablos, que todos son capones sin pelo de barba y arrugados, aunque sospecho que como todos se queman, que el estar lampiños es de chamuscado el pelo con el fuego, y lo arrugado del calor, y debe de ser así, porque no vi ceja ni pestaña y todos eran calvos.

Estaba, pues, Judas muy contento de ver cuán bien lo hacían los despenseros en venirle a cortejar y a entretener (que muy pocos me dijeron que le dejaban de imitar); miré más atentamente y fuime llegando donde estaba Judas y vi que la pena de los despenseros era que, como a Titio le come un buitre las entrañas, a ellos se las descarnaban dos aves que llaman sisones, y un diablo decía a voces de rato en rato:

-Sisones son despenseros y los despenseros sisones.

A este pregón se estremecían todos y Judas estaba con sus treinta dineros atormentándose; tenía un bote junto a sí. No me sufrió el corazón a no decirle algo, y así llegándome cerca, le dije:

-¿Cómo, traidor infame sobre todos los hombres, vendiste a tu Maestro, a tu Señor y a tu Dios, por tan poco dinero?

A lo cual respondió:

-Pues vosotros, ¿por qué os quejáis de eso?; que sobrado de bien os estuvo, pues fui el medio y arcaduz para vuestra salud. Yo soy el que me he de quejar y fui a quien le estuvo mal, y ha habido herejes que me han tenido con veneración, porque di principio en la entrega a la medicina de vuestro mal. Y no penséis que soy yo solo el Judas, que después que Cristo murió hay otros peores que yo y más ingratos, pues no solo le venden, pero le venden y compran, azotan y crucifican, y lo que es más que todo, ingratos a vida y pasión, y muerte y resurrección, le maltratan y persiguen en nombre de sus hijos. Y si yo lo hice antes que muriese, con nombre de apóstol y despensero, este bote lo dice, que es el de la Magdalena, que codicioso quería que se vendiese y se diese a pobres, y ahora es una de las mayores penas que tengo esta, ver lo que quería para remediar pobres, vendido, porque todo lo aplicaba a vender, y después, por salir con mi tema y vender el ungüento, vendí al Señor que le tenía y así remedié más pobres que quisiera.

-¡Ladrón! -dije yo, que no me pude reportar-, pues si viendo a la Magdalena a los pies de Cristo te tocó la codicia de riqueza, cogieras las perlas de las muchas lágrimas que lloraba, hartáraste de oro con las hebras de cabellos que arrancaba de su cabeza, y no codiciaras su ungüento con alma boticaria. Pero una cosa querría saber de ti: ¿Por qué te pintan con botas y dicen por refrán «las botas de Judas»?

-No porque yo las traje -respondió-, mas quisieron significar poniéndome botas, que anduve siempre de camino para el infierno, y por ser despensero; y así se han de pintar todos los que lo son. Ésta fue la causa, y no lo que algunos han colegido de verme con botas, diciendo que era portugués, que es mentira; que yo fui... -Y no me acuerdo bien de dónde me dijo que era, si de Calabria, si de otra parte-. Y has de advertir que yo solo soy el despensero que se ha condenado por vender, que todos los demás, fuera de algunos, se condenan por comprar. Y en lo que dices que fui traidor y maldito en dar a Cristo por tan poco precio, tenéis razón, y no podía hacer yo otra cosa fiándome de gente como los judíos, que era tan ruin que pienso que si pidiera un dinero más por él no me le tomaran. Y porque estáis muy espantado y fiado en que yo soy el peor hombre que ha habido, ve ahí debajo y verás muchísimos más malos. Vete -dijo-, que ya basta de conversación con Judas.

-Dices la verdad -le respondí-. Y acogime donde me señaló, y topé muchos demonios en el camino con palos y lanzas, echando del infierno muchas mujeres hermosas y muchos malos letrados. Pregunté que por qué los quería echar del infierno a aquellos solos, y dijo un demonio porque eran de grandísimo provecho para la población del infierno en el mundo las damas con sus caras y con sus mentirosas hermosuras y buenos pareceres, y los letrados con buenas caras y malos pareceres, y que así los echaban porque trajesen gente.

Pero el pleito más intricado y el caso más difícil que yo vi en el infierno fue el que propuso una mujer condenada con otras muchas, por malas, enfrente de unos ladrones, la cual decía:

-Decidnos, señor, ¿cómo ha de ser esto de dar y recibir, si los ladrones se condenan por tomar lo ajeno y la mujer por dar lo suyo? Aquí de Dios, que si el ser puta es ser justicia, si es justicia dar a cada uno lo suyo, pues lo hacemos así, ¿de qué nos culpan?

Dejé de escucharla y pregunté, como nombraron ladrones:

-¿Dónde están los escribanos? ¿Es posible que no hay en el infierno ninguno, ni le pude topar en todo el camino?

Respondiome un demonio:

-Bien creo yo que no toparíais ninguno por él.

-¿Pues qué hacen? ¿Sálvanse todos?

-No -dijo-, pero dejan de andar y vuelan con plumas. Y el no haber escribanos por el camino de la perdición no es porque infinitísimos que son malos no vienen acá por él, sino porque es tanta la prisa con que vienen, que volar y llegar y entrar es todo uno (tales plumas se tienen ellos) y así no se ven en el camino.

-Y acá -dije yo-, ¿cómo no hay ninguno?

-Sí hay -me respondió-; mas no usan ellos de nombre de escribano, que acá por gatos los conocemos. Y para que echéis de ver qué tantos hay, no habéis de mirar sino que con ser el infierno tan gran casa, tan antigua, tan maltratada y sucia, no hay un ratón en toda ella, que ellos los cazan.

-¿Y los alguaciles malos no están en el infierno?

-Ninguno está en el infierno -dijo el demonio.

-¿Cómo puede ser, si se condenan algunos malos entre muchos buenos que hay?

-Dígoos que no están en el infierno porque en cada alguacil malo, aun en vida está todo el infierno en él.

Santígüeme y dije:

-Brava cosa es lo mal que los queréis los diablos a los alguaciles.

-¿No los hemos de querer mal, pues según son endiablados los malos alguaciles tememos que han de venir a hacer que sobremos nosotros para lo que es materia de condenar almas, y que se nos han de levantar con el oficio de demonios, y que ha de venir Lucifer a ahorrarse de diablos y despedirnos a nosotros por recibirlos a ellos?

No quise en esta materia escuchar más, y así me fui adelante, y por una red vi un amenísimo cercado todo lleno de almas que, unas con silencio y otras con llanto, se estaban lamentando. Dijéronme que era el retiramiento de los enamorados. Gemí tristemente viendo que aun en la muerte no dejan los suspiros. Unos se respondían a sus amores y penaban con dudosas desconfianzas. ¡Oh, qué número de ellos echaban la culpa de su perdición a sus deseos, cuya fuerza o cuyo pincel los mintió las hermosuras! Los más estaban destruidos por penseque, según me dijo un diablo.

-¿Quién es Penseque -dije yo-, o qué género de delito?

Riose y replicó:

-No es sino que se destruyen fiándose de fabulosos semblantes, y luego dicen: «Pensé que no me obligara», «Pensé que no me amartelara», «Pensé que ella me diera a mí y no me quitara», «Pensé que no tuviera otro con quien yo riñera», «Pensé que se contentara conmigo solo», «Pensé que me adoraba»; y así todos los amantes en el infierno están por «penseque».

Estos son la gente en quien más ejecuciones hace el arrepentimiento y los que menos sabían de sí. Estaba en medio de ellos el Amor lleno de sarna, con un rótulo que decía:

No hay quien este amor no dome

sin justicia o con razón,

que es sarna y no afición.

amor que se pega y come.

-¿Coplica hay? -dije yo-. No andan lejos de aquí los poetas.

Cuando volviéndome a un lado veo una bandada de hasta cien mil de ellos en una jaula, que llaman los orates en el infierno. Volví a mirarlos y díjome uno, señalando a las mujeres que digo:

-Esas señoras hermosas, todas se han vuelto medio camareras de los hombres, pues los desnudan y no los visten.

-¿Conceptos gastáis aun estando aquí? ¡Buenos cascos tenéis! -dije yo; cuando uno entre todos que estaba aherrojado y con más penas que todos, dijo:

-Plegue a Dios, hermano, que así se vea el que inventó los consonantes, pues porque en un soneto:

Dije que una señora era absoluta,

y siendo más honesta que Lucrecia,

por dar fin el cuarteto la hice puta.

Forzome el consonante a llamar necia

a la de más talento y mayor brío,

¡oh, ley de consonantes dura y recia!

Habiendo en un terceto dicho lío,

un hidalgo afrenté tan solamente

porque el verso acabó bien en judío.

A Herodes otra vez llamé inocente,

mil veces a lo dulce dije amargo

y llamé al apacible impertinente.

Y por el consonante tengo a cargo

otros delitos torpes, feos, rudos,

y llega mi proceso a ser tan largo

que porque en una octava dije escudos,

hice sin más ni más siete maridos

con honradas mujeres ser cornudos.

Aquí nos tienen, como ves, metidos

y por el consonante condenados,

a puros versos, como ves, perdidos,

¡oh, míseros poetas desdichados!

-¿Hay tan graciosa locura -dije yo-, que aun aquí estáis sin dejarla ni de cansaros de ella?

¡Oh, qué vi de ellos! Y decía un diablo:

-Esta es gente que canta sus pecados como otros los lloran, pues en amancebándose, con hacerla pastora o mora la sacan a la vergüenza en un romancico por todo el mundo. Si las quieren a sus damas lo más que les dan es un soneto o unas octavas, y si las aborrecen o las dejan, lo menos que les dejan es una sátira. ¡Pues qué es verlos cargadas de pradicos de esmeraldas, de cabellos de oro, de perlas de la mañana, de fuentes de cristal, sin hallar sobre todo esto dinero para una camisa ni sobre su ingenio. Y es gente que apenas se conoce de qué ley son, porque el nombre es de cristianos, las almas de herejes, los pensamientos de alarbes y las palabras de gentiles.

-Si mucho me aguardo -dije entre mí-, yo oiré algo que me pese.

Fuime adelante y dejelos con deseo de llegar a donde estaban los que no supieron pedir a Dios. ¡Oh, qué muestras de dolor tan grandes hacían! ¡Oh, qué sollozos tan lastimosos! Todos tenían las lenguas condenadas a perpetua cárcel y poseídos del silencio, tal martirio en voces ásperas de un demonio recibían por los oídos:

-¡Oh, corvas almas, inclinadas al suelo, que con oración logrera y ruego mercader y comprador os atrevisteis a Dios y le pedisteis cosas que de vergüenza de que otro hombre las oyese aguardabais a coger solos los retablos! ¿Pues cómo más respeto tuvisteis a los mortales que al Señor de todos?, quien os ve en un rincón medrosos de ser oídos, pedir murmurando, sin dar licencia a las palabras que se saliesen de los dientes cerrados de ofensas: «Señor, muera mi padre y acabe yo de suceder en su hacienda», «Llevaos a vuestro reino a mi mayor hermano y aseguradme a mí el mayorazgo», «Halle yo una mina debajo de mis pies», «El rey se incline a favorecerme y véame yo cargado de sus favores». Y ved -dijo- a lo que llegó una desvergüenza que osaste decir: «Y haced esto, que si lo hacéis yo os prometo de casar dos huérfanas, de vestir seis pobres y de daros frontales». ¡Qué ceguedad de hombres, prometer dádivas al que pedís, con ser la suma riqueza! Pediste a Dios por merced lo que Él suele dar por castigo, y si os lo da, os pesa de haberlo tenido cuando morís, y si no os lo da, cuando vivís; y así de puro necios siempre tenéis quejas; y si llegáis a ser ricos por votos, decidme cuáles cumplís. ¿Qué tempestad no llena de promesas los santos, y qué bonanza tras ella no los torna a desnudar con olvido? ¡Qué de toques de campanas ha ofrecido a los altares la espantosa cara del golfo, y qué de ellas ha muerto y quitado de los mismos templos el puerto! Nacen vuestros ofrecimientos de necesidad y no de devoción. ¿Pedisteis alguna vez a Dios paz en el alma, aumento de gracia o favores suyos, ni inspiraciones? No por cierto; ni aun sabéis para qué son menester estas cosas, ni lo que son. Ignoráis que el holocausto, sacrificio y oblación que Dios recibe de vosotros es de la pura conciencia, humilde espíritu, caridad ardiente; y esto acompañado con lágrimas, es moneda que aun Dios (si puede) es codicioso en nosotros. Dios, hombres, por vuestro bien gusta que os acordéis de él, y como si no es en los trabajos no os acordáis, por eso os da trabajos, porque tengáis de él memoria. Considerad vosotros, necios demandadores, cuán brevemente se os acabaron las cosas que importunos pedisteis a Dios, qué presto os dejaron y cómo, ingratas, no os fueron compañía en el postrer paso. ¿Veis cómo vuestros hijos aun no gastan de vuestras haciendas un real en obras pías, diciendo que no es posible que vosotros gustéis de ellas, porque si gustarais, en vida hicierais algunas? Y pedís tales cosas a Dios que muchas veces, por castigo de la desvergüenza con que las pedís, os las concede. Y bien, como suma sabiduría, conoció el peligro que tenéis en no saber pedir, pues lo primero que os enseñó en el Pater noster fue pedirle; pero pocos entendéis aquellas palabras donde Dios enseñó el lenguaje con que habéis de tratar con Él.

Quisieron responderme, mas no les daban lugar las mordazas. Yo, que vi que no habían de hablar palabra, pasé adelante donde estaban juntos los ensalmadores ardiéndose vivos, y los saludadores también, condenados por embustidores. Dijo un diablo:

-Véislos aquí a estos tratantes en santiguaduras, mercaderes de cruces, que embelecaron el mundo, y quisieron hacer creer que podía tener cosa buena un hablador. Gente es esta ensalmadora que jamás hubo nadie que se quejase de ellos, porque si les sanan, antes se lo agradecen, y si los matan no se pueden quejar; y siempre les agradecen lo que hacen, y dan contento, porque si sanan el enfermo los regala y si matan el heredero los agradece el trabajo; si curan con agua y trapos la herida que sanara por virtud de naturaleza, dicen que es por ciertas palabras virtuosas que les enseñó un judío (¡mirad qué buen origen de palabras virtuosas!), y si se enfistola, empeora y muere, dicen que llegó su hora y el badajo que se la dio y todo. ¡Pues que es de oír a estos las mentiras que cuentan, de uno que tenía las tripas fuera en la mano, en tal parte, y otro que estaba pasado por las ijadas! Y lo que más me espanta es que siempre he medido la distancia de sus curas y siempre las hicieron cuarenta o cincuenta leguas de allí, estando en servicio de un señor que ha ya trece años que murió, porque no se averigüe tan presto la mentira, y por la mayor parte estos tales que curan con agua, enferman ellos por vino. Al fin estos son por los que se dijo «hurtan que es bendición», porque con la bendición hurtan, tras ser siempre gente ignorante. Y he notado que casi todos los ensalmos están llenos de solecismos, y no sé qué virtud se tenga el solecismo por lo cual se pueda hacer nada. Al fin, vaya do fuere, ellos están acá algunos, que otros hay buenos hombres, que como amigos de Dios alcanzan de él la salud para los que curan, que la sombra de sus amigos suele dar vida. Pero para ver buena gente, mirad los saludadores, que también dicen que tienen virtud.

Ellos se agraviaron y dijeron que era verdad que la tienen; y a esto respondió un diablo:

-¿Cómo es posible que por ningún camino se halle virtud en gente que anda siempre soplando?

-Alto -dijo un demonio-, que me he enojado. Vayan al cuartel de los porquerones, que viven de lo mismo.

Fueron, aunque a su pesar. Yo bajé otra grada por ver los que Judas me dijo que eran peores que él y topé en una alcoba muy grande una gente desatinada, que los diablos confesaban que ni los entendían ni se podían averiguar con ellos. Eran astrólogos y alquimistas; estos andaban llenos de hornos y crisoles, de lodos, de minerales, de escorias, de cuernos, de estiércol, de sangre humana, de polvos y de alambiques. Aquí calcinaban, allí lavaban, allí apartaban y acullá purificaban. Cuál estaba fijando el mercurio al martillo, y habiendo resuelto la materia viscosa y ahuyentado la parte sutil lo corruptivo del fuego, en llegándose a la copela, se le iba en humo. Otros disputaban si se había de dar fuego de mecha, o si el fuego o no fuego de Raimundo había de entenderse de la cal, o si de luz efectiva del calor y no de calor efectivo de fuego. Cuáles con el sigilo de Hermete daban principio a la obra magna, y en otra parte miraban ya el negro blanco y le aguardaban colorado. Y juntando a esto la proposición de naturaleza, «con naturaleza se contenta la naturaleza, y con ella misma se ayuda», y los demás oráculos ciegos suyos, esperaban la reducción de la primera materia y al cabo reducían su sangre a la postrera pobre, y en lugar de hacer el estiércol, cabellos, sangre humana, cuernos y escoria, oro, hacían del oro estiércol, gastándolo neciamente. ¡Oh, qué de voces oí sobre el padre muerto y resucitarlo y tornarlo a matar! ¡Y qué bravas las daban sobre entender aquellas palabras tan referidas de todos los autores químicos: «¡Oh, gracias sean dadas a Dios, que de la cosa más vil del mundo permite hacer una cosa tan rica!». Sobre cuál era la cosa más vil se ardían. Uno decía que ya la había hallado, y si la piedra filosofal se había de hacer de la cosa más vil era fuerza hacerse de corchetes, y los cocieran y destilaran si no dijera otro que tenían mucha parte de aire para poder hacer la piedra, que no había de tener materiales tan vaporosos; y así se resolvieron que la cosa más vil del mundo eran los sastres, pues cada punto se condenaban, y que era gente más enjuta. Cerraran con ellos si no dijera un diablo:

-¿Queréis saber cuál es la cosa más vil? Los alquimistas, y así, porque se haga la piedra es menester quemaros a todos.

Diéronles fuego y ardían casi de buena gana, solo por ver la piedra filosofal.

Al otro lado no era menos la trulla de astrólogos y supersticiosos. Un quiromántico iba tomando las manos a todos los otros que se habían condenado, diciendo:

-¡Qué claro que se ve que se habían de condenar estos, por el monte de Saturno!

Otro que estaba a gatas con un compás midiendo alturas y notando estrellas, cercado de efemérides y tablas, se levantó y dijo en altas voces:

-¡Vive Dios que si me pariera mi madre medio minuto antes que me salvo, porque Saturno en aquel punto mudaba el aspecto y Marte se pasaba a la casa de la vida; el Escorpión perdía su malicia, y yo, como di en procurador, fui pobre mendigo.

Otro tras él andaba diciendo a los diablos que le mortificaban que mirasen bien si era verdad que él había muerto, que no podía ser, a causa que tenía Júpiter por ascendente y a Venus en la casa de la vida, sin aspecto ninguno malo, y que era fuerza que viviese noventa años.

-Miren -decía- que les notifico que miren bien si soy difunto, porque por mi cuenta es imposible que pueda ser esto.

En esto iba y venía sin poderlo nadie sacar de aquí.

Y para enmendar la locura de estos salió otro geomántico poniéndose en puntos con las ciencias, haciendo sus doce casas gobernadas por el impulso de la mano y rayas a imitación de los dedos, con supersticiosas palabras y oración. Y luego, después de sumados sus pares y nones, sacando juez y testigos, comenzaba a querer probar cuál era el astrólogo más cierto, y si dijera puntual acertara, pues es su ciencia de punto como calza, sin ningún fundamento, aunque pese a Pedro Abano, que era uno de los que allí estaban acompañando a Cornelio Agrippa, que con una alma ardía en cuatro cuerpos de sus obras malditas y descomulgadas, famoso hechicero. Tras este vi con su Poligrafía y Esteganografía al abad Tritemio, harto de demonios, ya que en vida parece que siempre tuvo hambre de ellos, muy enojado con Cardano, que estaba enfrente de él, porque dijo mal de él solo, y supo ser mayor mentiroso en sus libros De subtilitate, por hechizos de viejas que en ellos juntó. Julio César Escalígero se estaba atormentando por otro lado en sus Exercitaciones, mientras pensaba las desvergonzadas mentiras que escribió de Homero y los testimonios que le levantó por levantar a Virgilio aras, hecho idólatra de Marón. Estaba riéndose de sí mismo Artefio, con su mágica, haciendo las tablillas para entender el lenguaje de las aves, y Misaldo muy triste y pelándose las barbas, porque tras tanto experimento disparatado no podía hallar nuevas necedades que escribir. Teofrasto Paracelso estaba quejándose del tiempo que había gastado en la alquimia, pero contento en haber escrito medicina y mágica que nadie la entendía y haber llenado las imprentas de pullas a vueltas de muy agudas cosas. Y detrás de todos estaba Hubequer el pordiosero, vestido de los andrajos de cuantos escribieron mentiras y desvergüenzas, hechizos y supersticiones, hecho su libro un Ginebra de moros, gentiles y cristianos: allí estaba el secreto autor de la Clavicula Salomonis, y el que le imputó los sueños. ¡Oh, cómo se abrasaba burlado de vanas y necias oraciones el hereje que hizo el libro Adversus omnia pericula mundi! ¡Qué bien ardía el Catán y las obras de Razes! Estaba Taisnerio con su libro de fisonomías y manos penando por los hombres que había vuelto locos con sus disparates y reíase, sabiendo el bellaco que las fisonomías no se pueden sacar ciertas de particulares rostros de hombres, que o por miedo o por no poder no muestran sus inclinaciones y las reprimen, sino solo rostros y caras de príncipes y señores sin superior, en quien las inclinaciones no respetan nada para mostrarse. Estaba luego Cicardo Eubino con sus rostros en manos, y los brutos, concertando por las caras la similitud de las costumbres. A Escoto el italiano no vi allá por hechicero y mágico, sino por mentiroso y embustero. Había otra gran copla, y aguardaban sin duda mucha gente, porque había grandes campos vacíos. Y nadie estaba con justicia entre todos estos autores presos por hechiceros, si no fueron unas mujeres hermosas, porque sus caras fueron solas en el mundo los verdaderos hechizos, que las damas solo son veneno de la vida, que perturbando las potencias y ofendiendo los órganos a la vista, son causa de que la voluntad quiera por bueno lo que, ofendidas, las especies representan.

Viendo esto, dije entre mí:

-Ya me parece que vamos llegándonos al cuartel de la gente peor que Judas.

Dime prisa a llegar allá, y al fin asomeme a parte donde sin favor particular del cielo no se podía decir lo que había. A la puerta estaba la Justicia de Dios espantosa, y en la segunda entrada el Vicio desvergonzado y soberbio, la Malicia ingrata e ignorante, la Incredulidad resuelta y ciega y la Inobediencia bestial y desbocada. Estaba la Blasfemia insolente y tirana, llena de sangre, ladrando por cien bocas y vertiendo veneno por todas con los ojos armados de llamas ardientes. Gran horror me dio el umbral. Entré y vi a la puerta la gran suma de herejes antes de nacer Cristo: estaban los ofiteos, que se llaman así en griego de la serpiente que engañó a Eva, la cual veneraron a causa de que supiésemos del bien y del mal; los cainanos, que alabaron a Caín, porque, como decían, siendo hijo del mal prevaleció su mayor fuerza contra Abel; los sethianos, de Seth. Estaba Dositeo ardiendo en un horno, el cual creyó que se había de vivir solo según la carne, y no creía la resurrección, privándose a sí mismo, ignorante más que todas las bestias, de un bien tan grande, pues cuando fuera así, que fuéramos solo animales como los otros, para morir consolados habíamos de fingirnos eternidad a nosotros mismos; y así, llama Lucano en boca ajena a los que no creen la inmortalidad del alma «Felices errore suo», dichosos con su error.

-Si eso fuera así, que murieran las almas con los cuerpos, malditos -dije yo-, siguiérase que el animal del mundo a quien Dios dio menos discurso es el hombre, pues entiende al revés lo que más importa, esperando inmortalidad, y seguiría que a la más noble criatura dio menos conocimiento y crió para mayor miseria la naturaleza, que Dios no, pues quien sigue esa opinión no lo cree.

Estaba luego Sadoc, autor de los saduceos. Los fariseos estaban aguardando a Cristo no como Dios, sino como hombre. Estaban los heliognostas, devictíacos, adoradores del sol. Pero los más graciosos son los que veneran las ranas que fueron plaga a Faraón, por ser azote de Dios. Estaban los musoritas, haciendo ratonera al arca a puro ratón de oro; estaban los que adoraron la mosca acaronita, Ozías, el que quiso pedir a una mosca antes salud que a Dios, por lo cual Elías le castigó. Estaban los trogloditas, los de la fortuna del cielo, los de Baal, los de Astarot, los del ídolo Moloch y Renfán de la ara de Tofet; los puteoritas, herejes veraniscos de pozos; los de la serpiente de metal; y entre todos sonaba la barahúnda y el llanto de las judías que debajo de tierra, en las cuevas lloraban a Thamuz en su simulacro. Seguían los bahalitas, luego la Pitonisa arremangada y detrás los de Asthar y Astarot, y al fin los que aguardaban a Herodes, y de esto se llaman herodianos. Y hube a todos estos por locos y mentecatos. Mas llegué luego a los herejes que había después de Cristo. Allí vi (¡oh, qué famoso espectáculo!) a Tertuliano, concurrente de los Apóstoles catorce años antes que Orígines, apóstata doctísimo, atormentado de sus errores y convencido de sí mismo. Luego fui, y llegando vi que antes de él estaban muchos, como Menandro y Simón Mago, su maestro. Estaba Saturnino inventando disparates. Estaba el maldito Basílides heresiarca. Estaba Nicolás antioqueno, Carpócrates y Cerinto y el infame Ebión. Vino luego Valentino, el que dio por principio de todo el mar y el silencio; Menandro el Mozo de Samaria decía que él era el Salvador y que había caído del cielo, y por imitarlo decía detrás de él Montano frigio que él era el Paracleto. Síguenle las desdichadas Prisca y Maximilla heresiarcas. Llamáronse sus secuaces catafriges y llegaron a tanta locura que decían que en ellos y no en los Apóstoles vino el Espíritu Santo. Estaba Nepos, obispo en quien fue coroza la mitra, afirmando que los Santos habían de reinar con Cristo en la tierra mil años en lascivias y regalos. Venía luego Sabino, prelado hereje arriano, el que en el Concilio Niceno llamó idiotas a los que no seguían a Arrio. Después, en miserable lugar estaban ardiendo, por sentencia de Clemente, pontífice máximo que sucedió a Benedicto, los templarios, primero santos en Jerusalén y luego, de puro ricos, idólatras y deshonestos. ¡Y qué fue ver a Guillermo el hipócrita de Anvers, hecho padre de putas, prefiriendo las rameras a las honestas y la fornicación a la castidad! A los pies de este yacía Bárbara, mujer del emperador Segismundo, llamando necias a las vírgenes, habiendo hartas. Ella, bárbara como su nombre, servía de emperatriz a los diablos, y no estando harta de delitos ni aun cansada (que en esto quiso llevar ventaja a Mesalina) decía que moría el alma y el cuerpo, y otras cosas bien dignas de su nombre. Fui pasando por estos y llegué a una parte donde estaba uno solo arrinconado, y muy sucio, con un zancajo menos y un chirlo por la cara, lleno de cencerros y ardiendo y blasfemando.

-¿Quién eres tú -le pregunté-, que entre tantos malos eres el peor?

-Yo -dijo él- soy Mahoma.

Y decíaselo el tallecillo, la cuchillada y los dijes de arriero.

-Tú eres -dije yo- el más mal hombre que ha habido en el mundo, y el que más almas ha traído acá.

-Todo lo estoy pasando -dijo- mientras los malaventurados de africanos adoran el zancarrón o zancajo que aquí me falta.

-Picarón, ¿por qué vedaste el vino a los tuyos?

Y respondió que:

-Porque si tras las borracheras que les dejé en mi Alcorán les permitiera las del vino, todos fueran borrachos.

-¿Y el tocino por qué se lo vedaste, perro esclavo, descendiente de Agar?

-Eso hice por no hacer agravio al tocino, que lo fuera comer torreznos y beber agua; aunque yo vino y tocino gastaba; y quise tan mal a los que creyeron en mí, que acá los quité la gloria y allá los perniles y las botas. Y últimamente mandé que no defendiesen mi ley por razón, porque ninguna hay ni para obedecerla ni sustentarla, remitísela a las armas y metilos en ruido para toda la vida; y el seguirme tanta gente no es en virtud de milagros, sino solo en virtud de darles la ley a medida de sus apetitos, dándoles mujeres para mudar, y por extraordinario deshonestidades tan feas como las quisiesen, y con esto me seguían todos. Pero no se remató en mí todo el daño; tiende por ahí los ojos y verás qué honrada gente topas.

Volvime a un lado y vi todos los herejes de ahora, y topé con Maniqueo. ¡Oh, qué vi de calvinistas arañando a Calvino, y entre estos estaba el principal Josefo Escalígero, por tener su punta de ateísta y ser tan blasfemo, deslenguado y vano y sin juicio. Al cabo estaba el maldito Lutero con su capilla y sus mujeres, hinchado como un sapo y blasfemando, y Melactón comiéndose las manos tras sus herejías. Estaba el renegado Beza, maestro de Ginebra, leyendo sentado en cátedra de pestilencia. Y allí lloré viendo el doctísimo Enrico Stéfano. Preguntele no sé qué de la lengua griega, y estaba tal la suya que no pudo responderme sino con bramidos.

-¡Válame Dios! -dije, llegándome a Lutero como a mal hombre, por no decir como a mal fraile-, ¿te atreviste a decir que no se habían de adorar las imágenes, si en ellas no se adora sino la espiritual grandeza que a nuestro modo representan? Si dices que para acordarte de Dios no has menester imágenes, es verdad, y no te las dan para eso, sino para que te muevan afectos la representación de la verdad que reverenciamos y del Señor que amamos sobre todo bien, como los enamorados, que el retrato de su dama no le traen para acordarse de ella, pues ya presuponen memoria de ella en acordarse de que le traen, sino para deleitarse con la parte que se les concede del bien ausente. Dices también que Cristo pagó por todos, y que no hay sino vivir como quisiéramos, porque el que me hizo a mí sin mí me salvará a mí sin mí: bien me hizo a mí sin mí, pero hecho, siente que yo destruya su obra y manche su pintura y borre su imagen. Y si, como confiesas, sintió en el primer hombre tanto un pecado que, por satisfacerle, mostrando su amor, murió, ¿cómo te dejas decir que murió para darnos libertad de pecar quien siente tanto que pequemos? Y si murió y padeció Cristo para enseñarnos lo que cuesta un pecado y lo que hemos de huirle, ¿de dónde coliges que murió para darnos licencia para hacer delitos? Que satisfizo por todos es verdad: ¿luego no tenemos que trabajar nosotros? Mientes, pues hay que trabajar en no caer en otros y en pagar los cometidos delitos. Enojose Dios por un pecado cuando no le debemos sino la creación sola, ¿y no sentiría las culpas cuando le debemos redención costosa y trabajosa? Espántome, Lutero, de que supieses nada. ¿De qué te aprovecharon tus letras y agudeza?

Más le dijera si no me enterneciera la desventurada figura en que estaba el miserable Lutero.

Estaba ahorcado penando Helio Eóbano Hesso, célebre poeta competidor de Melactón. ¡Oh, cómo lloré mirando su gesto torpe con heridas y golpes y afeado con llamas sus ojos! No pude sino suspirar.

Dime prisa a salir de este cercado y pasé a una galería donde estaba Lucifer cercado de diablas, que también hay hembras como machos. No entré dentro porque no me atreví a sufrir su aspecto disforme; solo diré que tal galería tan bien ordenada no se ha visto en el mundo, porque toda estaba colgada de emperadores y reyes vivos, como acá muertos. Allá vi toda la casa otomana, los de Roma por su orden. Miré por los españoles y no vi corona ninguna española; quedé contentísimo que no lo sabré decir. Vi graciosísimas figuras, hilando a Sardanápalo, glotoneando a Heliogábalo, a Sapor emparentando con el sol y las estrellas. Viriato andaba a palos tras los romanos; Atila revolvía el mundo; Belisario, ciego, acusaba a los atenienses. Llegó a mí el portero y me dijo:

-Lucifer manda que porque tengáis que contar en el otro mundo, que veáis su camarín.

Entré allá; era un aposento curioso y lleno de buenas joyas; tenía cosa de seis o siete mil cornudos y otros tantos alguaciles manidos.

-¿Aquí estáis? -dije yo- ¿Cómo diablos os había de hallar en el infierno si estabais aquí?

Había pipotes de médicos y muchísimos cronistas, lindas piezas, aduladores de molde y con licencia, y en las cuatro esquinas estaban ardiendo por hachas cuatro malos pesquisidores, y todas las poyatas (que son los estantes) llenas de vírgenes rociadas, doncellas penadas como tazas. Y dijo el demonio:

-Doncellas son que se vinieron al infierno con los virgos fiambres, y por cosa rara se guardan.

Seguíanse luego demandadores haciendo labor, con diferentes sayos, y de las ánimas había muchos, porque piden para sus misas y consumen ellos con vino cuanto les dan (sin ser sacerdotes). Había madres postizas y trastenderas de sus sobrinas, y aun suegras de sus nueras por mascarones alrededor. Estaba en una peña Sebastián Gertel, general en lo de Alemania contra el emperador, tras haber sido alabardero suyo. No acabara ya de contar lo que vi en el camino si lo hubiera de decir todo. Salime fuera y quedé como espantado, repitiendo conmigo estas cosas. Solo pido a quien las leyere las lea de suerte que el crédito que les diere le sea provechoso para no experimentar ni ver estos lugares. Certificando al lector que no pretendo en ello ningún escándalo ni reprehensión, sino de los vicios por los cuales los hombres se condenan y son condenados; pues decir de los que están en el infierno no puede tocar a los buenos. Acabé este discurso en el Fresno a postrero de abril de 1608, en 28 de mi edad.

SUB CORRECTIONE SANCTAE MATRIS ECCLESIAE

EL MUNDO POR DE DENTRO

A don Pedro Girón, duque de Osuna

Estas son mis obras: claro está que juzgará V. Excelencia que siendo tales no me han de llevar al cielo; mas como yo no pretenda de ellas más de que en este mundo me den nombre, y el que más estimo es de criado de V. Excelencia, se las envío para que, como a tan gran príncipe, las honre; lograrán de paso la enmienda. Dé Dios a V. Excelencia su gracia y salud, que lo demás merecido lo tiene al mundo su virtud y grandeza. En la aldea, abril 26 de 1612.

DON FRANCISCO QUEVEDO VILLEGAS.

Al lector, como Dios me lo deparare, cándido o purpúreo,

pío o cruel, benigno o sin sarna

Es cosa averiguada, así lo siente Metrodoro Chío y otros muchos, que no se sabe nada, y que todos son ignorantes, y aun esto no se sabe de cierto, que a saberse ya se supiera algo; sospéchase. Dícelo así el doctísimo Francisco Sánchez, médico y filósofo, en su libro cuyo título es Nihil Scitur, no se sabe nada. En el mundo hay algunos que no saben nada y estudian para saber, y estos tienen buenos deseos y vano ejercicio, porque al cabo solo les sirve el estudio de conocer cómo toda la verdad la quedan ignorando. Otros hay que no saben nada y no estudian porque piensan que lo saben todo; son de estos muchos irremediables; a estos se les ha de envidiar el ocio y la satisfacción y llorarles el seso. Otros hay que no saben nada y dicen que no saben nada porque piensan que saben algo de verdad, pues lo es que no saben nada, y a estos se les había de castigar la hipocresía con creerles la confesión. Otros hay, y en estos, que son los peores, entro yo, que no saben nada, ni quieren saber nada, ni creen que se sepa nada y dicen de todos que no saben nada y todos dicen de ellos lo mismo y nadie miente. Y como gente que en cosas de letras y ciencias no tiene que perder tampoco, se atreven a imprimir y sacar a luz todo cuanto sueñan. Estos dan qué hacer a las imprentas, sustentan a los libreros, gastan a los curiosos, y al cabo sirven a las especierías. Yo pues, como uno de estos, y no de los peores ignorantes, no contento con haber soñado el «Juicio» ni haber endemoniado un alguacil, y últimamente escrito «El infierno», ahora salgo sin ton y sin son (pero no importa, que esto no es bailar) con «El mundo por de dentro». Si te agradare y pareciere bien agradécelo a lo poco que sabes, pues de tan mala cosa te contentas; y si te pareciere malo, culpa mi ignorancia en escribirlo y la tuya en esperar otra cosa de mí. Dios te libre, lector, de prólogos largos y de malos epítetos.

Es nuestro deseo siempre peregrino en las cosas de esta vida, y así, con vana solicitud anda de unas en otras sin saber hallar patria ni descanso; aliméntase de la variedad y diviértese con ella; tiene por ejercicio el apetito, y este nace de la ignorancia de las cosas, pues si las conociera cuando codicioso y desalentado las busca, así las aborreciera como cuando arrepentido las desprecia. Y es de considerar la fuerza grande que tiene, pues promete y persuade tanta hermosura en los deleites y gustos, lo cual dura solo en la pretensión de ellos, porque en llegando cualquiera a ser poseedor es juntamente descontento. El mundo, que a nuestro deseo sabe la condición, para lisonjearla, pónese delante mudable y vario, porque la novedad y diferencia es el afeite con que más nos atrae. Con esto acaricia nuestros deseos, llévalos tras sí, y ellos a nosotros. Sea por todas las experiencias mi suceso, pues cuando más apurado me había de tener el conocimiento de estas cosas, me hallé todo en poder de la confusión, poseído de la vanidad de tal manera que en la gran población del mundo, perdido ya, corría donde tras la hermosura me llevaban los ojos y adonde tras la conversación los amigos, de una calle en otra, hecho fábula de todos; y en lugar de desear salida al laberinto, procuraba que se me alargase el engaño. Ya por la calle de la ira descompuesto seguía las pendencias pisando sangre y heridas; ya por la de la gula veía responder a los brindis turbados. Al fin, de una calle en otra andaba (siendo infinitas) de tal manera confuso que la admiración aun no dejaba sentido para el cansancio, cuando, llamado de voces descompuestas y tirado porfiadamente del manteo, volví la cabeza. Era un viejo venerable en sus canas, maltratado, roto por mil partes el vestido y pisado; no por eso ridículo, antes severo y digno de respeto.

-¿Quién eres -dije-, que así te confiesas envidioso de mis gustos? Déjame, que siempre los ancianos aborrecéis en los mozos los placeres y deleites, no que dejáis de vuestra voluntad, sino que por fuerza os quita el tiempo. Tú vas, yo vengo: déjame gozar y ver el mundo.

Desmintiendo sus sentimientos, riéndose, dijo:

-Ni te estorbo ni te envidio lo que deseo, antes te tengo lástima. ¿Tú por ventura sabes lo que vale un día? ¿Entiendes de cuánto precio es una hora? ¿Has examinado el valor del tiempo? Cierto es que no, pues así, alegre, le dejas pasar hurtado de la hora que fugitiva y secreta te lleva preciosísimo robo. ¿Quién te ha dicho que lo que ya fue volverá cuando lo hayas menester si le llamares? Dime, ¿has visto algunas pisadas de los días? No por cierto, que ellos solo vuelven la cabeza a reírse y burlarse de los que así los dejaron pasar. Sábete que la muerte y ellos están eslabonados y en una cadena, y que cuando más caminan los días que van delante de ti, tiran hacia ti y te acercan a la muerte, que quizá la aguardas y es ya llegada, y según vives, antes será pasada que creída. Por necio tengo al que toda la vida se muere de miedo que se ha de morir y por malo al que vive tan sin miedo de ella como si no la hubiese, que este lo viene a temer cuando lo padece, y embarazado con el temor, ni halla remedio a la vida ni consuelo a su fin. Cuerdo es solo el que vive cada día como quien cada día y cada hora puede morir.

-Eficaces palabras tienes, buen viejo. Traído me has el alma a mí, que me la llevaban embelesada vanos deseos. ¿Quién eres, de dónde, y qué haces por aquí?

-Mi hábito y traje dice que soy hombre de bien y amigo de decir verdades, en lo roto y poco medrado; y lo peor que tu vida tiene es no haberme visto la cara hasta ahora. Yo soy el Desengaño; estos rasgones de la ropa son de los tirones que dan de mí los que dicen en el mundo que me quieren, y estos cardenales del rostro, estos golpes y coces me dan en llegando, porque vine y porque me vaya, que en el mundo todos decís que queréis desengaño, y en teniéndole, unos os desesperáis, otros maldecís a quien os le dio, y los más corteses no le creéis. Si tú quieres, hijo, ver el mundo, ven conmigo, que yo te llevaré a la calle mayor, que es a donde salen todas las figuras, y allí verás juntos los que por aquí van divididos sin cansarte; yo te enseñaré el mundo como es, que tú no alcanzas a ver sino lo que parece.

-¿Y cómo se llama -dije yo- la calle mayor del mundo, donde hemos de ir?

-Llámase -respondió- Hipocresía, calle que empieza con el mundo y se acabará con él; y no hay nadie casi que no tenga, si no una casa, un cuarto o un aposento en ella. Unos son vecinos y otros paseantes, que hay muchas diferencias de hipócritas, y todos cuantos ves por ahí lo son. ¿Y ves aquel que gana de comer como sastre y se viste como hidalgo? Es hipócrita, y el día de fiesta, con el raso y el terciopelo y el cintillo y la cadena de oro, se desfigura de suerte que no le conocerán las tijeras y agujas y jabón, y parece tan poco a sastre, que aun parece que dice verdad. ¿Ves aquel hidalgo con aquel que es como caballero? Pues debiendo medirse con su hacienda ir solo, por ser hipócrita y parecer lo que no es, se va metiendo a caballero, y por sustentar un lacayo, ni sustenta lo que dice ni lo que hace, pues ni lo cumple ni lo paga, y la hidalguía y la ejecutoria le sirve solo de pontífice en dispensarle los casamientos que hace con sus deudas, que está más casado con ellas que con su mujer. Aquel caballero, por ser señoría no hay diligencia que no haga, y ha procurado hacerse Venecia, por ser señoría; sino que como se fundó en el viento, para serlo se había de fundar en el agua. Sustenta, por parecer señor, caza de halcones, que lo primero que matan es a su amo de hambre con la costa, y luego el rocín en que los llevan, y después, cuando mucho, una graja o un milano. Y ninguno es lo que parece. El señor, por tener acciones de grande se empeña, y el grande remeda cosas de rey. ¿Pues qué diré de los discretos? ¿Ves aquel ciego de cara? Pues siendo un mentecato, por parecer discreto y ser tenido por tal, se alaba de que tiene poca memoria, quéjase de melancolías, vive descontento y préciase de mal regido, y es hipócrita, que parece entendido y es mentecato. ¿No ves los viejos hipócritas de barbas, con las canas envainadas en tinta, querer en todo parecer muchachos? ¿No ves a los niños preciarse de dar consejos y presumir de cuerdos? Pues todo es hipocresía. Pues en los nombres de las cosas, ¿no la hay la mayor del mundo? El zapatero de viejo se llama entretenedor del calzado; el botero, sastre del vino, que le hace de vestir; el mozo de mulas, gentilhombre de camino; el bodegón, estado, el bodegonero, contador; el verdugo se llama miembro de la justicia y el corchete criado; el fullero, diestro; el ventero, huésped; la taberna, ermita; la putería, casa; las putas, damas; las alcahuetas, dueñas; los cornudos, honrados. Amistad llaman el amancebamiento, trato a la usura, burla a la estafa, gracia la mentira, donaire la malicia, descuido la bellaquería, valiente al desvergonzado, cortesano al vagabundo, al negro moreno, señor maestro al albardero y señor doctor al platicante. Así que ni son lo que parecen ni lo que se llaman, hipócritas en el nombre y en el hecho. ¿Pues unos nombres que hay generales? A toda pícara, señora hermosa; a todo hábito largo, señor licenciado; a todo gallofero, señor soldado; a todo bien vestido, señor hidalgo; a todo fraile motilón o lo que fuere, reverencia y aun paternidad, a todo escribano, secretario. De suerte que todo el hombre es mentira por cualquier parte que le examinéis, si no es que, ignorante como tú, crea las experiencias. ¿Ves los pecados? Pues todos son hipocresía, y en ella empiezan y acaban, y de ella nacen y se alimentan la Ira, la Gula, la Soberbia, la Avaricia, la Lujuria, la Pereza, el Homicidio y otros mil.

-¿Cómo me puedes tú decir, ni probarlo, si vemos que son diferentes y distintos?

-No me espanto que eso ignores, que lo saben pocos. Oye y entenderás con facilidad eso que así te parece contrario, qué bien se conviene: todos los pecados son malos, eso bien lo confiesas, y también confiesas con los filósofos y teólogos que la voluntad apetece lo malo debajo de razón de bien, y que para pecar no basta la representación de la ira ni el conocimiento de la lujuria, sin el consentimiento de la voluntad, y que eso para que sea pecado no aguarda la ejecución, que solo le agrava más, aunque en esto hay muchas diferencias. Esto así visto y entendido, claro está que cada vez que un pecado de estos se hace, que la voluntad lo consiente y le quiere; y según su natural no pudo apetecerle sino debajo de razón de algún bien. ¿Pues hay más clara y más confirmada hipocresía, que vestirse del bien en lo aparente para matar con el engaño? «¿Qué esperanza es la del hipócrita?», dice Job. Ninguna, pues ni la tiene por lo que es, pues es malo, ni por lo que parece, pues lo parece y no lo es. Todos los pecadores tienen menos atrevimiento que el hipócrita, pues ellos pecan contra Dios, pero no con Dios ni en Dios, mas el hipócrita peca contra Dios y con Dios, pues le toma por instrumento para pecar y por eso, como quien sabía lo que era, y lo aborrecía tanto sobre todas las cosas, Cristo, habiendo dado muchos preceptos afirmativos a sus discípulos, solo uno les dio negativo, diciendo: «No queráis ser como los hipócritas tristes»; de manera que, con muchos preceptos y comparaciones, les enseñó cómo habían de ser, ya como luz, ya como sal, ya como el convidado, ya como el de los talentos, y lo que no habían de ser, todo lo cerró en decir solamente: «No queráis ser como los hipócritas tristes», advirtiendo que en no ser hipócritas está el no ser en ninguna manera malos, porque el hipócrita es malo de todas maneras.

En esto llegamos a la calle mayor; vi todo el concurso que el viejo me había prometido. Tomamos puesto conveniente para registrar lo que pasaba. Fue un entierro en esta forma: venían envainados en unos sayos grandes de diferentes colores unos pícaros, haciendo una taracea de mullidores; pasó esta recua incensando con las campanillas; seguían los muchachos de la doctrina, meninos de la muerte y lacayuelos del ataúd gritando su letanía, luego las órdenes, y tras ellos los clérigos, que galopeando los responsos, cantaban de portante abreviando porque no se derritiesen las velas y tener tiempo para sumir otro. Seguíanse luego doce galloferos hipócritas de la pobreza, con doce hachas, acompañando el cuerpo y abrigando a los de la capacha, que hombreando testificaban el peso de la difunta. Detrás seguía larga procesión de amigos que acompañaban en la tristeza y luto al viudo que, anegado en capuz de bayeta y devanado en una chía, perdido el rostro en la falda de un sombrero de suerte que no se le podían hallar los ojos, corvos e impedidos los pasos con el peso de diez arrobas de cola que arrastraba, iba tardo y perezoso. Lastimado de este espectáculo.

-¡Dichosa mujer -dije-, si lo puede ser alguna en la muerte, pues hallaste marido que pasó con la fe y el amor más allá de la vida y sepultura! Y dichoso viudo que ha hallado tales amigos, que no solo acompañan su sentimiento, pero que parece que le vencen en él. ¿No ves qué tristes van y suspensos?

El viejo, moviendo la cabeza y sonriéndose, dijo:

-¡Desventurado! Eso todo es por fuera, y parece así, pero ahora lo verás por de dentro y verás con cuánta verdad el ser desmiente a las apariencias. ¿Ves aquellas luces, campanillas y mullidores, y todo este acompañamiento? ¿Quién no juzgará que los unos alumbran algo y que los otros no es algo lo que acompañan, y que sirve de algo tanto acompañamiento y pompa? Pues sabe que lo que allí va no es nada, porque aun en vida lo era y en muerte dejó ya de ser, y que no le sirve de nada todo; sino que también los muertos tienen su vanidad y los difuntos y difuntas su soberbia. Allí no va sino tierra de menos fruto y más espantosa de la que pisas, por sí no merecedora de alguna honra, ni aun de ser cultivada con arado ni azadón. ¿Ves aquellos viejos que llevan las hachas? Pues no las atizan para que atizadas alumbren mas, sino porque atizadas a menudo se derritan más y ellos hurten más cera para vender:

estos son los que a la sepultura hacen la salva en el difunto y difunta, pues antes que ella lo coma ni lo pruebe, cada uno le ha dado un bocado, arrancándole un real o dos. ¿Ves la tristeza de los amigos? Pues todo es de ir en el entierro, y los convidados van dados al diablo con los que los convidaron, que quisieran más pasearse o asistir a sus negocios. Aquel que habla de mano con el otro, le va diciendo que convidar a entierro y a misacantanos, donde se ofrece, que no se puede hacer con un amigo, y que el entierro solo es convite para la tierra, pues a ella solamente llevan que coma. El viudo no va triste del caso y viudez, sino de ver que pudiendo él haber enterrado a su mujer a un muladar y sin coste y fiesta ninguna, le hayan metido en semejante barahúnda y gasto de cofradías y cera, y entre sí dice que le debe poco y que ya que se había de morir pudiera haberse muerto de repente, sin gastarle en médicos, barberos ni boticas, y no dejarle empeñado en jarabes y pócimas. Dos ha enterrado con esta, y es tanto el gusto que recibe de enviudar, que va ya trazando el casamiento con una amiga que ha tenido, y fiado con su mala condición y endemoniada vida, piensa doblar el capuz por poco tiempo.

Quedé espantado de ver todo eso ser así, diciendo:

-¡Qué diferentes son las cosas del mundo de como las vemos! Desde hoy perderán conmigo todo el crédito mis ojos y nada creeré menos de lo que viere.

Pasó por nosotros el entierro como si no hubiera de pasar por nosotros tan brevemente, y como si aquella difunta no nos fuera enseñando el camino y, muda, no nos dijera a todos: «Delante voy donde aguardo a los que quedáis, acompañando a otros, y que yo vi pasar con ese propio descuido».

Apartonos de esta consideración el ruido que andaba en una casa a nuestras espaldas; entramos dentro a ver lo que fuese, y al tiempo que sintieron gente, comenzó un plañido a seis voces de mujeres que acompañaban una viuda. Era el llanto muy autorizado pero poco provechoso al difunto; sonaban palmadas de rato en rato, que parecía palmeado de disciplinantes. Oíanse unos sollozos estirados, embutidos de suspiros, pujados por falta de gana. La casa estaba despojada, las paredes desnudas; la cuitada estaba en un aposento oscuro, sin luz ninguna, lleno de bayetas, donde lloraban a tiento. Unas decían: «Amiga, nada se remedia con llorar»; otras: «Sin duda goza de Dios». Cuál la animaba a que se conformase con la voluntad del Señor. Y ella luego comenzaba a soltar el trapo, y llorando a cántaros decía:

-¿Para qué quiero yo vivir sin fulano? ¡Desdichada nací, pues no me queda a quien volver los ojos! ¿Quién ha de amparar a una pobre mujer sola?

Y aquí plañían todas con ella, y andaba una sonadera de narices que se hundía la cuadra. Y entonces advertí que las mujeres se purgan en un pésame de estos, pues por los ojos y las narices echan cuanto mal tienen. Enternecime y dije:

-¡Qué lástima tan bien empleada es la que se tiene a una viuda, pues por sí una mujer es sola, y viuda mucho más! Y así les dio la Sagrada Escritura nombre de mudas sin lengua, que eso significa la voz que dice viuda en hebreo, pues ni tiene quien hable por ella ni atrevimiento, y como se ve sola para hablar, y aunque hable, como no la oyen, lo mismo es que ser mudas, y peor. Mucho cuidado tuvo Dios de ellas en el Testamento Viejo, y en el Nuevo las encomendó mucho por san Pablo: «Cómo el Señor cuida de los solos y mira lo humilde de lo alto»; «No quiero vuestros sábados y festividades -dijo por Isaías-, y el rostro aparto de vuestros inciensos; cansado me tienen vuestros holocaustos, aborrezco vuestras calendas y solemnidades; lavaos y estaos limpios, quitad lo malo de vuestros deseos, pues lo veo yo. Dejad de hacer mal, aprended a hacer bien, buscad la justicia, socorred al oprimido, juzgad en su inocencia al huérfano, defended a la viuda». Fue creciendo la oración de una obra buena en otra buena más acepta, y por suma caridad puso el defender la viuda. Y está escrito con la providencia del Espíritu Santo, decir: «Defended a la viuda», porque en siéndolo no se puede defender, como hemos dicho, y todos la persiguen. Y es obra tan acepta a Dios esta, que añade el profeta consecutivamente, diciendo: «Y si lo hiciereis, venid y argüidme». Y conforme a esta licencia que da Dios de que le arguyan los que hicieren bien y se apartaren del mal, y socorrieren al oprimido y miraren por el huérfano y defendieren la viuda, bien pudo Job argüir a Dios, libre de las calumnias que por argüir con Él le pusieron sus enemigos, llamándole por ello atrevido e impío. Que lo hiciese consta del capítulo 31, donde dice: «¿Negué yo, por ventura, lo que me pedían los pobrecitos? ¿Hice aguardar los ojos de la viuda?», que convienen con lo dicho, como quien dice: ella no puede, porque es muda, con palabras, sino con los ojos, poniendo delante su necesidad. El rigor de la letra hebrea dice: «¿O consumí los ojos de la viuda?», que eso hace el que no se duele de la que lo mira para que le socorra porque no tiene voz para pedirle. Dejadme -dije al viejo- llorar semejante desventura y juntar mis lágrimas a las de estas mujeres.

El viejo, algo enojado, dijo:

-¿Ahora lloras, después de haber hecho ostentación vana de tus estudios y mostrádote docto y teólogo, cuando era menester mostrarte prudente? ¿No aguardaras a que yo te hubiera declarado estas cosas para ver cómo merecían que se hablase de ellas? ¿Mas quién habrá que detenga la sentencia ya imaginada en la boca? No es mucho, que no sabes otra cosa, y que a no ofrecerse la viuda te quedabas con toda tu ciencia en el estómago. No es filósofo el que sabe dónde está el tesoro, sino el que trabaja y le saca. Ni aun ese lo es del todo, sino el que después de poseído usa bien de él. ¿Qué importa que sepas dos chistes y dos lugares si no tienes prudencia para acomodarlos? Oye; verás esta viuda, que por defuera tiene un cuerpo de responsos, cómo por de dentro tiene una ánima de aleluyas; las tocas negras y los pensamientos verdes. ¿Ves la oscuridad del aposento y el estar cubiertos los rostros con el manto? Pues es porque así, como no las pueden ver, con hablar un poco gangoso, escupir y remedar sollozos, hacen un llanto casero y hechizo, teniendo los ojos hechos una yesca. ¿Quiéreslas consolar? Pues déjalas solas y bailarán en no habiendo con quien cumplir. Y luego las amigas harán su oficio: «Quedáis moza y es mal lograros, hombres habrá que os estimen, ya sabéis quién es fulano, que cuando no supla la falta del que está en la gloria», etc. Otra: «Mucho debéis a don Pedro, que acudió en este trabajo, no sé qué me sospeche, y en verdad que si hubiera de ser algo, que por quedar tan niña os será forzoso...». Y entonces la viuda, muy recoleta de ojos y muy estreñida de boca, dice: «No es ahora tiempo de eso; a cargo de Dios está, Él lo hará si viere que conviene». Y advertid que el día de la viudez es el día que más comen estas viudas, porque para animarla no entra ninguna que no le dé un trago, y le hace comer un bocado, y ella lo come diciendo: «Todo se vuelve ponzoña», y medio mascándolo, dice: «¿Qué provecho puede hacer esto a la amarga viuda, que estaba hecha a comer a medias todas las cosas, y con compañía, y ahora se las habrá de comer todas enteras, sin dar parte a nadie, de puro desdichada?». Mira, pues, siendo esto así, qué a propósito vienen tus exclamaciones.

Apenas esto dijo el viejo, cuando arrebatados de unos gritos ahogados en vino, de gran ruido de gente, salimos a ver qué fuese, y era un alguacil, el cual con solo un pedazo de vara en la mano y las narices ajadas, deshecho el cuello, sin sombrero y en cuerpo, iba pidiendo: «¡Favor al rey! ¡Favor a la justicia!», tras un ladrón que en seguimiento de una iglesia, y no de puro buen cristiano, iba tan ligero como pedía la necesidad y le mandaba el miedo. Atrás, cercado de gente, quedaba el escribano, lleno de lodo, con las cajas en el brazo izquierdo, escribiendo sobre la rodilla. Y noté que no hay cosa que crezca tanto en tan poco tiempo como culpa en poder de escribano, pues en un instante tenía una resma al cabo. Pregunté la causa del alboroto; dijeron que aquel hombre que huía era amigo del alguacil, y que le fió no sé qué secreto tocante en delito, y por no dejarlo a otro que lo hiciese, quiso él asirle. Huyósele después de haberle dado muchas puñadas, y viendo que venía gente encomendose a sus pies y fuese a dar cuenta de sus negocios a un retablo. El escribano hacía la causa mientras el alguacil con los corchetes (que son podencos del verdugo que siguen ladrando) iban tras él, y no le podían alcanzar. Y debía de ser el ladrón muy ligero, pues no le podían alcanzar soplones, que por fuerza corrían como el viento.

-¿Con qué podrá premiar una república el celo de este alguacil, pues porque yo y el otro tengamos nuestras vidas, honras y haciendas, ha aventurado su persona? Éste merece mucho con Dios y con el mundo. Mírale cuál va roto y herido, llena de la sangre la cara, por alcanzar aquel delincuente y quitar un entropezón a la paz del pueblo.

-¡Basta! -dijo el viejo-, que si no te van a la mano dirás un día entero. Sábete que ese alguacil no sigue a este ladrón, ni procura alcanzarle por el particular y universal provecho de nadie, sino que como ve que aquí le mira todo el mundo, córtese de que haya quien en materia de hurtar le eche el pie delante, y por eso aguija por alcanzarle. Y no es culpable el alguacil porque le prendió, siendo su amigo, si era delincuente, que no hace mal el que come de su hacienda; antes hace bien y justamente, y todo delincuente y malo, sea quien fuere, es hacienda del alguacil y le es lícito comer de ella. Estos tienen sus censos sobre azotes y galeras y sus juros sobre la horca. Y créeme que el año de virtudes, para estos y para el infierno es estéril. Y no sé cómo aborreciéndolos el mundo tanto, por vergüenza de ellos no da en ser bueno adrede por un año o dos años, que de hambre y de pena se morirían. Y renegad de oficio que tiene situados sus gajes donde los tiene situados Belcebú.

-Ya que en eso pongas también dolo, ¿cómo lo podrás poner en el escribano, que le hace la causa calificada con testigos?

-Ríete de eso -dijo-. ¿Has visto tú alguacil sin escribano algún día? No por cierto, que como ellos salen a buscar de comer, porque, aunque topen un inocente, no vaya a la cárcel sin causa, llevan escribano que se la haga, y así, aunque ellos no den causa para que les prendan, hácesela el escribano, y están presos con causa. Y en los testigos no repares, que para cualquier cosa tendrán tantos como tuviere gotas de tinta el tintero, que los más, en los malos oficiales, los presenta la pluma y los examina la codicia, y si dicen algunos lo que es verdad, escriben lo que han de menester y repiten lo que dijeron. Y para andar como había de andar el mundo, mejor fuera y más importara que el juramento que ellos toman al testigo, que jure a Dios y a la cruz decir verdad en lo que les fuere preguntado, que el testigo se lo tomara a ellos de que la escribirán como ellos la dijeren. Muchos hay buenos escribanos y alguaciles muchos, pero de sí el oficio es con los buenos como la mar con los muertos, que no los consiente y dentro de tres días los echa a la orilla. Bien me parece a mí un escribano a caballo y un alguacil con capa y gorra honrando unos azotes como pudiera un bautismo, detrás de una sarta de ladrones que azotan; pero siento que cuando el pregonero dice: «A estos hombres, por ladrones», que fuera el eco en la vara del alguacil y en la pluma del escribano.

Más dijera si no le tuviera la grandeza con que un hombre rico iba en una carroza, tan hinchado que parecía porfiaba a sacarla de husillo, pretendiendo parecer tan grave, que a las cuatro bestias aun se lo parecía, según el espacio con que andaban. Iba muy derecho, preciándose de espetado, escaso de ojos y avariento de miraduras, ahorrando cortesías con todos, sumida la cara en un cuello abierto hacia arriba que parecía vela en papel, y tan olvidado de sus coyunturas que no sabía por dónde volverse a hacer una cortesía ni levantar el brazo a quitarse el sombrero, el cual parecía miembro según estaba fijo y firme. Cercaban el coche cantidad de criados traídos con artificio, entretenidos con promesas y sustentados con esperanzas. Otra parte iba de acompañamiento de acreedores, cuyo crédito sustentaba toda aquella máquina. Iba un bufón en el coche entreteniéndole.

-Para ti se hizo el mundo -dije yo luego que le vi-, que tan descuidado vives y con tanto descanso y grandeza. ¡Qué bien empleada hacienda, qué lucida! ¡Y cómo representa bien quién es este caballero!

-Todo cuanto piensas -dijo el viejo- es disparate y mentira cuanto dices; y solo aciertas en decir que el mundo solo se hizo para este, y es verdad, porque el mundo es solo trabajo y vanidad y este es todo vanidad y locura. ¿Ves los caballos? Pues comiendo se van, a vueltas de la cebada y paja, al que la fía a este, y por cortesía de las ejecuciones trae ropilla. Más trabajo le cuesta la fábrica de sus embustes para comer que si lo ganara cavando. ¿Ves aquel bufón? Pues has de advertir que tiene por su bufón al que le sustenta y le da lo que tiene. ¿Qué más miseria quieres de estos ricos, que todo el año andan comprando mentiras y adulaciones y gastan sus haciendas en falsos testimonios? Va aquel tan contento porque el truhán le ha dicho que no hay tal príncipe como él y que todos los demás son unos escuderos, como si ello fuera así, y diferencian muy poco, porque el uno es juglar del otro: de esta suerte el rico se ríe con el bufón y el bufón se ríe del rico porque hace caso de lo que lisonjea.

Venía una mujer hermosa, trayéndose de paso los ojos que la miraban y dejando los corazones llenos de deseos. Iba ella con artificioso descuido escondiendo el rostro a los que ya le habían visto y descubriéndole a los que estaban divertidos. Tal vez se mostraba por velo, tal vez por tejadillo; ya daba un relámpago de cara con un bamboleo de manto, ya se hacía brújula mostrando un ojo solo, ya tapada de medio lado descubría un tarazón de mejilla. Los cabellos, martirizados, hacían sortijas a las sienes. El rostro era nieve y grana y rosas que se conservaban en amistad esparcidas por labios, cuello y mejillas; los dientes trasparentes; y las manos, que de rato en rato nevaban el manto, abrasaban los corazones. El talle y paso ocasionando pensamientos lascivos; tan rica y galana como cargada de joyas recibidas y no compradas. Vila y arrebatado de la naturaleza quise seguirla entre los demás, y a no tropezar en las canas del viejo lo hiciera. Volvime atrás y diciendo:

-Quien no ama con todos sus cinco sentidos una mujer hermosa, no estima a la naturaleza su mayor cuidado y su mayor obra. ¡Dichoso es el que halla tal ocasión y sabio el que la goza! ¿Qué sentido no descansa en la belleza de una mujer que nació para amada del hombre? De todas las cosas del mundo aparta y olvida su amor, correspondiendo, teniéndole todo en poco y tratándole con desprecio. ¡Qué ojos tan hermosos honestamente! ¡Qué mirar tan cauteloso y prevenido en los descuidos de una alma libre! ¡Qué cejas tan negras, esforzando recíprocamente la blancura de la frente! ¡Qué mejillas, donde la sangre mezclada con la leche engendra lo rosado que admira! ¡Qué labios encarnados, guardando perlas que la risa muestra con recato! ¡Qué cuello! ¡Qué manos! ¡Qué talle! Todos son causa de perdición y juntamente disculpa del que se pierde por ella.

-¿Qué más le queda a la edad que decir y al apetito que desear? -dijo el viejo-. Trabajo tienes si con cada cosa que ves haces esto. Triste fue tu vida. No naciste sino para admirado. Hasta ahora te juzgaba por ciego y ahora veo que también eres loco. Y echo de ver que hasta ahora no sabes para lo que Dios te dio los ojos ni cuál es su oficio. Ellos han de ver y la razón ha de juzgar y elegir; al revés lo haces, o nada haces, que es peor. Si te andas a creerlos padecerás mil confusiones: tendrás las sierras por azules y lo grande por pequeño, que la longitud y la proximidad engañan la vista. ¡Qué río caudaloso no se burla de ella, pues para saber hacia dónde corre es menester una paja o ramo que se lo muestre! ¿Viste esa visión que acostándose fea se hizo esta mañana hermosa ella misma y haces extremos grandes? Pues sábete que las mujeres lo primero que se visten en despertándose es una cara, una garganta y unas manos, y luego las sayas. Todo cuanto ves en ella es tienda y no natural. ¿Ves el cabello? Pues comprado es y no criado. Las cejas tienen más de ahumadas que de negras, y si como se hacen cejas se hicieran las narices, no las tuvieran. Los dientes que ves, y la boca, era de puro negra un tintero y apuros polvos se ha hecho salvadera. La cera de los oídos se ha pasado a los labios y cada uno es una candelilla. ¿Las manos, pues? Lo que parece blanco es untado. ¡Qué cosa es ver una mujer que ha de salir otro día a que la vean, echarse la noche antes en adobo y verlas acostar las caras hechas cofines de pasas, y a la mañana irse pintando sobre lo vivo como quieren! ¡Qué es ver una fea o una vieja querer, como el otro tan celebrado nigromántico, salir de nuevo de una redoma! ¿Estaslas mirando? Pues no es cosa suya. Si se lavasen las caras no las conocerías. Y cree que en el mundo no hay cosa tan trabajada como el pellejo de una mujer hermosa, donde se enjugan y secan y derriten más jalbegues que sus faldas. Desconfiadas de sus personas, cuando quieren halagar algunas narices, luego se encomiendan a la pastilla y al sahumerio o aguas de olor, y a veces los pies disimulan el sudor con las zapatillas de ámbar. Dígote que nuestros sentidos están en ayunas de lo que es mujer y ahítos de lo que le parece. Si la besas te embarras los labios; si la abrazas, aprietas tablillas y abollas cartones; si la acuestas contigo, la mitad dejas debajo la cama en los chapines; si la pretendes te cansas; si la alcanzas te embarazas; si la sustentas te empobreces; si la dejas te persigue; si la quieres te deja. Dame a entender de qué modo es buena, y considera ahora este animal soberbio con nuestra flaqueza, a quien hacen poderoso nuestras necesidades, más provechosas sufridas o castigadas que satisfechas, y verás tus disparates claros. Considérala padeciendo los meses y te dará asco; y cuando está sin ellos acuérdate que los ha tenido y que los ha de padecer, y te dará horror lo que te enamora. Y avergüénzate de andar perdido por cosas que en cualquier estatua de palo tienen menos asqueroso fundamento.

FIN DEL MUNDO POR DE DENTRO

SUEÑO DE LA MUERTE
A doña Mirena Riqueza

Harto es que me haya quedado algún discurso después que veo a v. m., y creo que me dejó esto por ser de la muerte. No se lo dedico porque me lo ampare; llévosele yo, porque el mayor designio desinteresado es el mío, para la enmienda de lo que puede estar escrito con algún desaliño o imaginado con poca felicidad. No me atrevo yo a encarecer la invención por no acreditarme de invencionero. Procurado he pedir el estilo y sazonar la pluma con curiosidad. Ni entre la risa me he olvidado de la doctrina. Si me han aprovechado el estilo y la diligencia he remitido a la censura que v. m. hiciere de él si llega a merecer que le mire, y podré yo decir entonces que soy dichoso por sueños. Guarde Dios a v. m., que lo mismo hiciera yo. En la prisión y en la Torre, a 6 de abril 1622.

A quien leyere

He querido que la muerte acabe mis discursos como las demás cosas; querrá Dios que tenga buena suerte. Este es el quinto tratado al «Sueño del Juicio», al «Alguacil endemoniado», al «Infierno» y al «Mundo por de dentro»; no me queda ya que soñar, y si en la visita de la muerte no despierto, no hay que aguardarme. Si te pareciere que ya es mucho sueño, perdona algo a la modorra que padezco, y si no, guárdame el sueño, que yo seré siete durmiente de las postrimerías. Vale.

Están siempre cautelosos y prevenidos los ruines pensamientos, la desesperación cobarde y la tristeza, esperando a coger a solas a un desdichado para mostrarse alentados con él, propia condición de cobardes en que juntamente hacen ostentación de su malicia y de su vileza. Por bien que lo tengo considerado en otros, me sucedió en mi prisión, pues habiendo, o por acariciar mi sentimiento o por hacer lisonja a mi melancolía, leído aquellos versos que Lucrecio escribió con tan animosas palabras, me vencí de la imaginación, y debajo del peso de tan ponderadas palabras y razones me dejé caer tan postrado con el dolor del desengaño que leí, que ni sé si me desmayé advertido o escandalizado. Para que la confesión de mi flaqueza se pueda disculpar, escribo, por introducción a mi discurso, la voz del poeta divino, que suena así rigurosa con amenazas tan elegantes:

Denique si vocem rerum natura repente

mittat et hoc alicui nostrum sic increpet ipsa:

quid tibi tanto operest, mortalis, quod nimis aegris

luctibus indulges?, quid mortem congemis ac fles?

nam si grata fuit tibi vita anteacta priorque

et non omnia pertusum congesta quasi in vas

commoda perfluxere atque ingrata interiere:

cur non ut plenus vitae conviva recedis?

aequo animoque capis securam, stulte, quietem?

Entróseme luego por la memoria de rondón Job dando voces y diciendo: «Homo natus de muliere», etc.:

Al fin hombre nacido

de mujer flaca, de miserias lleno,

a breve vida como flor traído,

de todo bien y de descanso ajeno,

que como sombra vana

huye a la tarde y nace a la mañana.

Con este conocimiento propio acompañaba luego el de la que vimos, diciendo: «Militia est vita hominis super terram», etc.:

Guerra es la vida del hombre

mientras vive en este suelo,

y sus horas y sus días

como las del jornalero.

Yo, que, arrebatado de la consideración, me vi a los pies de los desengaños rendido, con lastimoso sentimiento y con celo enojado, le tomé a Job aquellas palabras de la boca con que empieza su dolor a descubrirse: «Pereat dies in qua natus sum», etc.:

Perezca el primero día

en que yo nací a la tierra,

y la noche en que el varón

fue concebido perezca.

Vuélvase aquel día triste

en miserables tinieblas,

no le alumbre más la luz

ni tenga Dios con él cuenta.

Tenebroso torbellino

aquella noche posea,

no esté entre los días del año

ni entre los meses la tengan.

Indigna sea de alabanza,

solitaria siempre sea,

maldíganla los que el día

maldicen con voz soberbia:

Los que para levantar

a Leviatán se aparejan,

y con sus oscuridades

se oscurecen las estrellas.

Espere la luz hermosa

y nunca clara luz vea,

ni el nacimiento rosado

de la aurora envuelta en perlas,

Porque no cerró del vientre

que a mí me trujo las puertas,

y porque mi sepultura

no fue mi cuna primera.

Entre estas demandas y respuestas, fatigado y combatido (sospecho que fue cortesía del sueño piadoso más que de natural) me quedé dormido. Luego que, desembarazada, el alma se vio ociosa sin la traba de los sentidos exteriores, me embistió de esta manera la comedia siguiente, y así la recitaron mis potencias a oscuras siendo yo para mis fantasías auditorio y teatro.

Fueron entrando unos médicos a caballo en unas mulas que con gualdrapas negras parecían tumbas con orejas. El paso era divertido, torpe y desigual, de manera que los dueños iban encima en mareta y algunos vaivenes deserradores. La vista asquerosa de puro pasear los ojos por orinales y servicios; las bocas emboscadas en barbas, que apenas se las hallara un braco; sayos con resabios de vaqueros; guantes en infusión, doblados como los que curan; sortijón en el pulgar, con piedra tan grande que cuando toma el pulso pronostica al enfermo la losa. Eran estos en gran número, y todos rodeados de platicantes que cursan en lacayos, y tratando más con las mulas que con los doctores se graduaron de médicos. Yo, viéndolos, dije:

-Si de estos se hacen estos otros, no es mucho que estos otros nos deshagan a nosotros.

Alrededor venía gran chusma y caterva de boticarios, con espátulas desenvainadas y jeringas en ristre, armados de cala en parche como de punta en blanco. Los medicamentos que estos venden, aunque estén caducando en las redomas de puro añejos y los socrocios tengan telarañas, los dan; y así son medicinas redomadas las suyas. El clamor del que muere empieza en el almirez del boticario, va al pasacalles del barbero, paséase por el tablado de los guantes del doctor y acábase en las campanas de la iglesia. No hay gente más fiera que estos boticarios; son armeros de los doctores; ellos les dan armas. No hay cosa suya que no tenga achaques de guerra y que no aluda a armas ofensivas: jarabes que antes les sobran letras para jara que les falten; botes se dicen los de pica; espátulas son espadas en su lengua; píldoras son balas; clísteres y medicinas cañones, y así se llaman cañón de medicina. Y bien mirado, si así se toca la tecla de las purgas, sus tiendas son purgatorios y ellos los infiernos, los enfermos los condenados y los médicos los diablos; y es cierto que son diablos los médicos, pues unos y otros andan tras los malos y huyen de los buenos, y todo su fin es que los buenos sean malos y que los malos no sean buenos jamás.

Venían todos vestidos de recetas y coronados de reales erres asaeteadas con que empiezan las recetas. Y consideré que los doctores hablan a los boticarios diciendo «Recipe», que quiere decir recibe. De la misma suerte habla la mala madre a la hija y la codicia al mal ministro. ¡Pues decir que en la receta hay otra cosa que erres asaetadas por delincuentes, y luego «ana, ana», que juntas hacen un Annás para condenar a un justo! Síguense uncías y más onzas: ¡qué alivio para desollar un cordero enfermo! Y luego ensartan nombres de simples que parecen invocaciones de demonios: buphthalmos, opopanax, leontopetalon, tragoriganum, potamogeton, senipugino, diacathalicon, petroselinum, scilla, rapa. Y sabido qué quiere decir esta espantosa barahúnda de voces tan rellenas de letrones, son zanahoria, rábanos y perejil, y otras suciedades. Y como han oído decir que quien no te conoce te compre, disfrazan las legumbres porque no sean conocidas y las compren los enfermos. Elingatis dicen lo que es lamer, catapotia las píldoras, clíster la medicina, glans o balanus la cala, erhina moquear. Y son tales los nombres de sus recetas y tales sus medicinas, que las más veces de asco de sus porquerías y hediondeces con que persiguen a los enfermos, se huyen las enfermedades.

¿Qué dolor habrá de tan mal gusto que no se huya de los tuétanos por no aguardar el emplasto de Guillén Servén, y verse convertir en baúl una pierna o muslo donde él está? Cuando vi a estos y a los doctores, entendí cuán mal se dice para notar diferencia aquel asqueroso refrán: «Mucho va del c... al pulso», que antes no va nada, y solo van los médicos, pues inmediatamente desde él van al servicio y al orinal a preguntar a los meados lo que no saben, porque Galeno los remitió a la cámara y a la orina, y como si el orinal les hablase al oído, se le llegan a la oreja avahándose los barbones con su niebla. ¡Pues verles hacer que se entienden con la cámara por señas, y tomar su parecer al bacín y su dicho a la hedentina! No les esperara un diablo. ¡Oh, malditos pesquisidores contra la vida, pues ahorcan con el garrotillo, degüellan con sangrías, azotan con ventosas, destierran las almas, pues las sacan de la tierra de sus cuerpos sin alma y sin conciencia!

Luego se seguían los cirujanos cargados de pinzas, tientas y cauterios, tijeras, navajas, sierras, limas, tenazas y lancetones; entre ellos se oía una voz muy dolorosa a mis oídos, que decía:

-Corta, arranca, abre, asierra, despedaza, pica, punza, ajigota, rebana, descarna y abrasa.

Diome gran temor, y más verlos el paloteado que hacían con los cauterios y tientas. Unos huesos se me querían entrar de miedo dentro de otros; híceme un ovillo.

En tanto, vinieron unos demonios con unas cadenas de muelas y dientes, haciendo bragueros, y en esto conocí que eran sacamuelas, el oficio más maldito del mundo, pues no sirven sino de despoblar bocas y adelantar la vejez. Estos, con las muelas ajenas, y no ver diente que no quieran ver antes en su collar que en las quijadas, desconfían a las gentes de Santa Polonia, levantan testimonios a las encías y desempiedran las bocas. No he tenido peor rato que tuve en ver sus gatillos andar tras los dientes ajenos, como si fueran ratones, y pedir dineros por sacar una muela, como si la pusieran.

-¿Quién vendrá acompañado de esta maldita canalla? -decía yo; y me parecía que aun el diablo era poca cosa para tan maldita gente, cuando veo venir gran ruido de guitarras. Alegreme un poco. Tocaban todos pasacalles y vacas.

-¡Que me matan si no son barberos ellos que entran!

No fue mucha habilidad el acertar, que esta gente tiene pasacalles infusos y guitarra gratisdata. Era de ver puntear a unos y rasgar a otros. Yo decía entre mí:

-¡Dolor de barba, que ensayada en saltarenes se ha de ver rapar, y del brazo que ha de recibir una sangría pasada por chaconas y folías!

Consideré que todos los demás ministros del martirio, inducidores de la muerte, que estaban en mala moneda y eran oficiales de vellón y hierro viejo, y que solo los barberos se habían trocado en plata; y entretúveme en verlos manosear una cara, sobajar otra, y lo que se huelgan con un testuz en el lavatorio.

Luego comenzó a entrar una gran cantidad de gente. Los primeros eran habladores; parecían azudas en conversación, cuya música era peor que la de órganos destemplados. Unos hablaban de hilván, otros a borbotones, otros a chorretadas; otros habladorísimos hablan a cántaros, gente que parece que lleva pujo de decir necedades, como si hubiera tomado alguna purga confeccionada de hojas de Calepino de ocho lenguas. Estos me dijeron que eran habladores diluvios, sin escampar de día ni de noche, gente que habla entre sueños y que madruga a hablar. Había habladores secos y habladores que llaman del río o del rocío y de la espuma, gente que graniza de perdigones. Otros que llaman tarabilla, gente que se va de palabras como de cámaras, que hablan a toda furia. Había otros habladores nadadores, que hablan nadando con los brazos hacia todas partes y tirando manotadas y coces. Otros, jimios, haciendo gestos y visajes. Venían los unos consumiendo a los otros.

Síguense los chismosos, muy solícitos de orejas, muy atentos de ojos, muy encarnizados de malicia, y andaban hechos uñas de las vidas ajenas, espulgándolos a todos. Venían tras ellos los mentirosos contentos, muy gordos, risueños y bien vestidos y medrados, que no teniendo otro oficio, son milagro del mundo, con un gran auditorio de mentecatos y ruines.

Detrás venían los entremetidos, muy soberbios y satisfechos y presumidos, que son las tres lepras de la honra del mundo. Venían injiriéndose en los otros y penetrándose en todo, tejidos y enmarañados en cualquier negocio. Sólo paz de la ambición y pulpos de la prosperidad. Estos venían los postreros, según pareció, porque no entró en gran rato nadie. Pregunté que cómo venían tan apartados, y dijéronme unos habladores (sin preguntarlo yo a ellos):

-Estos entremetidos son la quintaesencia de los enfadosos, y por eso no hay otra cosa peor que ellos.

En esto estaba yo considerando la diferencia tan grande del acompañamiento, y no sabía imaginar quién pudiese venir.

En esto entró una que parecía mujer, muy galana y llena de coronas, cetros, hoces, abarcas, chapines, tiaras, caperuzas, mitras, monteras, brocados, pellejos, seda, oro, garrotes, diamantes, serones, perlas y guijarros. Un ojo abierto y otro cerrado, vestida y desnuda de todas colores; por un lado era moza y por el otro era vieja; unas veces venía despacio y otras aprisa; parecía que estaba lejos y estaba cerca, y cuando pensé que empezaba a entrar estaba ya a mi cabecera. Yo me quedé como hombre que le pregunta qué es cosi y cosa, viendo tan extraño ajuar y tan desbaratada compostura. No me espantó; suspendiome, y no sin risa, porque bien mirado era figura donosa. Preguntele quién era y díjome:

-La Muerte.

-¿La Muerte?

Quedé pasmado, y apenas abrigué en el corazón algún aliento para respirar, y muy torpe de lengua, dando trasiegos con las razones, la dije:

-¿Pues a qué vienes?

-Por ti -dijo.

-¡Jesús mil veces! Muérome, según eso.

-No te mueras -dijo ella-. Vivo has de venir conmigo a hacer una visita a los difuntos, que pues han venido tantos muertos a los vivos, razón será que vaya un vivo a los muertos y que los muertos sean oídos. ¿Has oído decir que yo ejecuto sin embargo? Alto; ven conmigo.

Perdido de miedo le dije:

-¿No me dejarás vestir?

-No es menester -respondió-, que conmigo nadie va vestido, ni soy embarazosa. Yo traigo los trastos de todos, porque vayan más ligeros.

Fui con ella donde me guiaba, que no sabré decir por dónde, según iba poseído del espanto. En el camino la dije:

-Yo no veo señas de la muerte, porque a ella nos la pintan unos huesos descarnados con su guadaña.

Parose y respondió:

-Eso no es la muerte, sino los muertos o lo que queda de los vivos. Esos huesos son el dibujo sobre que se labra el cuerpo del hombre; la muerte no la conocéis, y sois vosotros mismos vuestra muerte, tiene la cara de cada uno de vosotros y todos sois muertes de vosotros mismos; la calavera es el muerto y la cara es la muerte y lo que llamáis morir es acabar de morir y lo que llamáis nacer es empezar a morir y lo que llamáis vivir es morir viviendo, y los huesos es lo que de vosotros deja la muerte y lo que le sobra a la sepultura. Si esto entendierais así, cada uno de vosotros estuviera mirando en sí su muerte cada día y la ajena en el otro, y vierais que todas vuestras casas están llenas de ella y que en vuestro lugar hay tantas muertes como personas, y no la estuvierais aguardando, sino acompañándola y disponiéndola. Pensáis que es huesos la muerte y que hasta que veáis venir la calavera y la guadaña no hay muerte para vosotros, y primero sois calavera y huesos que creáis que lo podéis ser.

-Dime -dije yo-: ¿qué significan estos que te acompañan, y por qué van, siendo tú la muerte, más cerca de tu persona los enfadosos y habladores que los médicos?

Respondiome:

-Mucha más gente enferma de los enfadosos que de los tabardillos y calenturas, y mucha más gente matan los habladores y entremetidos que los médicos. Y has de saber que todos enferman del exceso o destemplanza de humores, pero lo que es morir, todos mueren de los médicos que los curan, y así no habéis de decir cuando preguntan: ¿de qué murió fulano?, «De calentura, de dolor de costado, de tabardillo, de peste, de heridas», sino: «Murió de un doctor Tal que le dio, de un doctor Cual». Y es de advertir que en todos los oficios, artes y estados se ha introducido el don, en hidalgos, en villanos, y en frailes, como se ve en la Cartuja; yo he visto sastres y albañiles con don, y ladrones y galeotes en galeras. Pues si se mira en las ciencias, clérigos, millares; teólogos, muchos; y letrados, todos. Solo de los médicos ninguno ha habido con don, y todos tienen don de matar y quieren más don al despedirse que don al llamarlos.

En esto llegamos a una sima grandísima, la Muerte predicadora y yo desengañado. Zabullose sin llamar, como de casa, y yo tras ella, animado con el esfuerzo que me daba mi conocimiento tan valiente. Estaban a la entrada tres bultos armados a un lado y otro monstruo terrible enfrente, siempre combatiendo entre sí todos y los tres con el uno y el uno con los tres. Parose la Muerte y díjome:

-¿Conoces esta gente?

-Ni Dios me la deje conocer -dije yo.

-Pues con ellos andas a las vueltas -dijo ella- desde que naciste; mira cómo vives -replicó-: estos son los tres enemigos del alma: el Mundo es aquel, este es el Diablo y aquella la Carne.

Y es cosa notable que eran todos parecidos unos a otros, que no se diferenciaban. Díjome la Muerte:

-Son tan parecidos que en el mundo tenéis a los unos por los otros; así que quien tiene el uno tiene a todos tres. Piensa un soberbio que tiene todo el mundo y tiene al diablo; piensa un lujurioso que tiene la carne y tiene al demonio, y así anda todo.

-¿Quién es -dije yo- aquel que está allí apartado haciéndose pedazos con estos tres, con tantas caras y figuras?

-Ese es -dijo la Muerte- el Dinero, que tiene puesto pleito a los tres enemigos del alma, diciendo que quiere ahorrar de émulos, y que a donde él está no son menester, porque él solo es todos los tres enemigos. Y fúndase para decir que el dinero es el Diablo en que todos decís: «diablo es el dinero», y que: «lo que no hiciere el dinero no lo hará el diablo», «endiablada cosa es el dinero». Para ser el Mundo dice que vosotros decís que «no hay más mundo que el dinero», «quien no tiene dinero váyase del mundo», al que le quitan el dinero decís que le echen del mundo, y que «todo se da por el dinero». Para decir que es la Carne el dinero, dice el Dinero: «Dígalo la carne», y remítese a las putas y mujeres malas, que es lo mismo que interesadas.

-No tiene mal pleito el Dinero -dije yo- según se platica por allá.

Con esto nos fuimos más abajo, y antes de entrar por una puerta muy chica y lóbrega, me dijo:

-Estos dos que saldrán aquí conmigo son las Postrimerías.

Abriose la puerta, y estaban a un lado el Infierno y al otro el Juicio (así me dijo la Muerte que se llamaban). Estuve mirando al Infierno con atención y me pareció notable cosa. Díjome la Muerte:

-¿Qué miras?

-Miro -respondí- al Infierno, y me parece que le visto otras veces.

-¿Dónde? -preguntó.

-¿Dónde? -dije-. En la codicia de los jueces, en el odio de los poderosos, en las lenguas de los maldicientes, en las malas intenciones, en las venganzas, en el apetito de los lujuriosos, en la vanidad de los príncipes, y donde cabe el Infierno todo sin que se pierda gota, es en la hipocresía de los mohatreros de las virtudes, que hacen logro del ayuno y del oír misas. Y lo que más he estimado es haber visto el Juicio, porque hasta ahora he vivido engañado, y ahora veo al Juicio como es, echo de ver que el que hay en el mundo no es juicio ni hay hombre de juicio, y que hay muy poco juicio en el mundo. ¡Pesia tal! -decía yo-; si de este juicio hubiera allá, no digo parte, sino nuevas creídas, sombra o señas, otra cosa fuera. Si los que han de ser jueces han de tener de este juicio, buena anda la cosa en el mundo; miedo me da de tornar arriba viendo que siendo este el Juicio se está aquí casi entero, y qué poca parte está repartida entre los vivos. Más quiero muerte con juicio que vida sin él.

Con esto bajamos a un grandísimo llano, donde parecía estaba depositada la oscuridad para las noches. Díjome la Muerte:

-Aquí has de parar, que hemos llegado a mi tribunal y audiencia.

Aquí estaban las paredes colgadas de pésames; a un lado estaban las malas nuevas ciertas y creídas y no esperadas; el llanto en las mujeres engañoso, engañado en los amantes, perdido de los necios y desacreditado en los pobres; el dolor se había desconsolado y creído, y solos los cuidados estaban solícitos y vigilantes, hechos carcomas de reyes y príncipes, alimentándose de los soberbios y ambiciosos. Estaba la Envidia con hábito de viuda, tan parecida a dueña, que la quise llamar Álvarez o González, en ayunas de todas las cosas, cebada en sí misma, magra y exprimida. Los dientes (con andar siempre mordiendo de lo mejor y de lo bueno) los tenía amarillos y gastados, y es la causa que lo bueno y santo, para morderlo lo llega a los dientes, mas nada bueno le puede entrar de los dientes adentro. La Discordia estaba debajo de ella, como que nacía de su vientre, y creo que es su hija legítima. Esta, huyendo de los casados, que siempre andan a voces, se había ido a las comunidades y colegios, y viendo que sobraba en ambas partes, se fue a los palacios y cortes, donde es lugarteniente de los diablos. La Ingratitud estaba en un gran horno, haciendo de una masa de soberbios Y odios, demonios nuevos cada momento. Holgueme de verla porque siempre había sospechado que los ingratos eran diablos, y caí entonces en que los ángeles, para ser diablos, fueron primero ingratos. Andaba toda hirviendo de maldiciones.

-¿Quién diablos -dije yo- está lloviendo maldiciones aquí?

Díjome un muerto que estaba a mi lado:

-¿Maldiciones queréis que falten donde hay casamenteros y sastres, que son la gente más maldita del mundo, pues todos decís: «¡Malhaya quien me casó!», «¡Malhaya quien con vos me juntó!», y los más: «¡Mal haya quien me vistió!»?

-¿Qué tiene que ver -dije yo- sastres y casamenteros en la audiencia de la Muerte?

-¡Pesia tal! -dijo el muerto, que era impaciente-, ¿estáis loco? Que si no hubiera casamenteros, hubiera la mitad de los muertos y desesperados. A mí me lo decid, que soy marido cinco, como bolo, y se me quedó allá la mujer y piensa acompañarme otros diez. ¿Pues sastres? ¿A quién no matarán las mentiras y largas de los sastres, y hurtos? Y son tales que para llamar a la desdicha peor nombre, la llaman desastre, del desastre, y es el principal miembro de este tribunal que aquí veis.

Alcé los ojos y vi la Muerte en su trono y a los lados muchas muertes. Estaba la muerte de amores, la muerte de frío, la muerte de hambre, la muerte de miedo y la muerte de risa, todas con diferentes insignias. La muerte de amores estaba con muy poquito seso. Tenía, por estar acompañada, porque no se le corrompiesen por la antigüedad, a Píramo y Tisbe embalsamados, y a Leandro y Hero y a Macías en cecina, y algunos portugueses derretidos. Mucha gente vi que estaba ya para acabar debajo de su guadaña y a puros milagros del interés resucitaban. En la muerte de frío vi a todos los obispos y prelados y a los más eclesiásticos, que como no tienen mujer ni hijos ni sobrinos que los quieran, sino a sus haciendas, estando malos cada uno carga en lo que puede, y mueren de frío. La muerte de miedo estaba la más rica y pomposa y con acompañamiento más magnífico, porque estaba toda cercada de gran número de tiranos Y poderosos, por quien se dijo: Fugit impius, nemine persequente. Estos mueren a sus mismas manos y sus sayones son sus conciencias y ellos son verdugos de sí mismos, y solo un bien hacen en el mundo, que matándose a sí de miedo, recelo y desconfianza, vengan de sí propios a los inocentes. Estaban con ellos los avarientos, cerrando cofres y arcones y ventanas, enlodando resquicios, hechos sepulturas de sus talegos y pendientes de cualquier ruido del viento, los ojos hambrientos de sueño, las bocas quejosas de las manos, las almas trocadas en plata y oro. La muerte de risa era la postrera, y tenía un grandísimo cerco de confiados y tarde arrepentidos. Gente que vive como si no hubiere justicia y muere como si no hubiere misericordia. Estos son los que diciéndoles: «Restituid lo mal llevado», dicen: «Es cosa de risa»; «Mirad que estáis viejo y que ya no tiene el pecado qué roer en vos: dejad la mujercilla que embarazáis inútil, que cansáis enfermo; mirad que el mismo diablo os desprecia ya por trasto embarazoso y la misma culpa tiene asco de vos», responden: «Es cosa de risa», y que nunca se sintieron mejores. Otros hay que están enfermos, y exhortándolos a que hagan testamento, que se confiesen, dicen que se sienten buenos y que han estado de aquella manera mil veces. Estos son gente que están en el otro mundo y aún no se persuaden a que son difuntos. Maravillome esta visión, y dije, herido del dolor y conocimiento:

-¿Dionos Dios una vida sola y tantas muertes?; ¿de una manera se nace y de tantas se muere? Si yo vuelvo al mundo, yo procuraré empezar a vivir.

En esto estaba cuando se oyó una voz que dijo tres veces:

-¡Muertos, muertos, muertos!

Con eso se rebulló en el suelo y todas las paredes, y empezaron a salir cabezas y brazos y bultos extraordinarios. Pusiéronse en orden con silencio.

-Hablen por su orden -dijo la Muerte.

Luego salió uno con grandísima cólera y prisa, y se vino para mí, que entendí que me quería maltratar, y dijo:

-¡Vivos de Satanás!: ¿qué me queréis, que no me dejáis, muerto y consumido? ¿Qué os he hecho, que sin tener parte en nada, me disfamáis en todo y me echáis la culpa de lo que no sé?

-¿Quién eres -le dije con una cortesía temerosa- que no te entiendo?

-Soy yo -dijo- el malaventurado Juan de la Encina, el que habiendo muchos años que estoy aquí, toda la vida andáis, en haciéndose un disparate o en diciéndole vosotros, diciendo: «No hiciera más Juan de la Encina», «Daca los disparates de Juan de la Encina». Habéis de saber que para hacer y decir disparates todos los hombres sois Juan de la Encina, y que este apellido de Encina es muy largo en cuanto a disparates. Pero pregunto si yo hice los testamentos en que dejáis que otros hagan por vuestra alma lo que no habéis querido hacer. ¿He porfiado con los poderosos? ¿Teñime la barba por no parecer viejo? ¿Fui viejo sucio y mentiroso? ¿Enamoreme con mi dinero? ¿Llamé favor el pedirme lo que tenía y el quitarme lo que no tenía? ¿Entendí yo que sería bueno para mí el que a mi intercesión fue ruin con otro que se fió de él? ¿Gasté yo la vida en pretender con qué vivir, y cuando tuve con qué no tuve vida que vivir? ¿Creí las sumisiones del que me hubo menester? ¿Caseme por vengarme de mi amiga? ¿Fui yo tan miserable que gastase un real segoviano en buscar un cuarto incierto? ¿Pudrime de que otro fuese rico o medrase? ¿He creído las apariencias de la fortuna? ¿Tuve yo por dichosos a los que al lado de los príncipes dan toda la vida por una hora? ¿Heme preciado de hereje y de mal reglado en todo y peor contento, porque me tengan por entendido? ¿Fui desvergonzado por campear de valiente? Pues si Juan de la Encina no ha hecho nada de esto, ¿qué necedades hizo este pobre de Juan de la Encina? Pues en cuanto ha de decir necedades, ¡sacadme un ojo con una! ¡Ladrones, que llamáis disparates los míos y parates los vuestros! Pregunto yo: ¿Juan de la Encina fue acaso el que dijo: «haz bien y no cates a quién»?, siendo contra el Espíritu Santo, que dice «Si bene feceris scito cui feceris, et erit gratia in bonis tuis multa», si hicieres bien, mira a quién. ¿Fue Juan de la Encina quien, para decir que uno era malo, dijo: «es hombre que ni teme ni debe», habiendo de decir que «ni teme ni paga», pues es cierto que la mejor señal de ser bueno es ni temer ni deber y la mayor de la maldad ni temer ni pagar? ¿Dijo Juan de la Encina: «De los pescados el mero, de las carnes el carnero, de las aves la perdiz, de las damas Beatriz»? No lo dijo, porque él no dijera sino: «De las carnes, la mujer; de los pescados, el carnero; de las aves, la Ave María, y después la presentada; de las damas, la más barata». Mira si es desbaratado Juan de la Encina. No prestó sino paciencia, no dio sino pesadumbre; él no gastaba con los hombres que piden dinero ni con las mujeres que piden matrimonio. ¿Qué necedades pudo hacer Juan de la Encina, desnudo por no tratar con sastres, que se dejó quitar de la hacienda por no haber de menester letrados, que se murió antes de enfermo que de curado para ahorrarse el médico? Solo un disparate hizo, que fue, siendo calvo, quitar a nadie el sombrero, pues fuera menos mal ser descortés que calvo, y fuera mejor que le mataran a palos porque no quitaba el sombrero, que no apodos porque era calvario. Y si por hacer una necedad anda Juan de la Encina por todos esos púlpitos y cátedras con votos, gobiernos y estados, enhoramala para ellos, que todo el mundo es muerte y todos son Encinas.

En esto estábamos cuando, muy estirado y con gran ceño, emparejó otro muerto conmigo, y dijo:

-Volved acá la cara, no penséis que habláis con Juan de la Encina.

-¿Quién es vuestra merced -dije yo-, que con tanto imperio habla, y donde todos son iguales presume diferencia?

-Yo soy -dijo- el Rey que rabió. Y si no me conocéis, por lo menos no podéis dejar de acordaros de mí, porque sois los vivos tan endiablados, que a todo decís que se acuerda del Rey que rabió, y en habiendo un paredón viejo, un muro caído, una gorra calva, un ferragüelo lampiño, un trabajazo rancio, un vestido caduco, una mujer manida de años y rellena de siglos, luego decís que se acuerda del Rey que rabió. No ha habido tan desdichado rey en el mundo, pues no se acuerdan de él sino vejeces y harapos, antigüedades y visiones, y ni ha habido rey de tan mala memoria ni tan asquerosa, ni tan carroña, ni tan caduca, carcomida y apolillada. Han dado en decir que rabié y juro a Dios que mienten, sino que han dado todos en decir que rabié y no tiene ya remedio, y no soy yo el primero rey que rabió, ni el solo, que no hay rey ni te ha habido ni le habrá, a quien no levanten que rabie. Ni sé yo cómo pueden dejar de rabiar todos los reyes, porque andan siempre mordidos por las orejas de envidiosos y aduladores que rabian.

Otro que estaba al lado del Rey que rabió, dijo:

-Vuestra merced se consuele conmigo, que soy el Rey Perico, y no me dejan descansar de día ni de noche. No hay cosa sucia ni desaliñada, ni pobre, ni antigua, ni mala, que no digan que fue en tiempo del Rey Perico. Mi tiempo fue mejor que ellos pueden pensar. Y para ver quién fui yo y mi tiempo, y quién son ellos, no es menester más que oírlos, porque en diciendo a una doncella ahora la madre: «Hija, las mujeres bajar los ojos y mirar a la tierra y no a los hombres», responden: «Eso fue en tiempo del Rey Perico; los hombres han de mirar a la tierra, pues fueron hechos de ella, y las mujeres al hombre, pues fueron hechas de él». Si un padre dice a un hijo: «No jures, no juegues, reza las oraciones cada mañana, persígnate en levantándote, echa la bendición a la mesa», dice que eso se usaba en tiempo del Rey Perico y que ahora le tendrán por un maricón si sabe persignarse, y se reirán de él si no jura y blasfema, porque en nuestros tiempos más tienen por hombre al que jura que al que tiene barbas.

Al que acabó de decir esto se llegó un muertecillo muy agudo, y sin hacer cortesía, dijo:

-Basta lo que han hablado, que somos muchos, y este hombre vivo está fuera de sí y aturdido.

-No dijera más Mateo Pico.

-¡Y vengo a eso solo! Pues, bellaco vivo, ¿qué dijo Mateo Pico, que luego andáis si dijera más, no dijera más? ¿Cómo sabéis que no dijera más Mateo Pico? Dejadme tornar a vivir sin tornar a nacer, que no me hallo bien en barrigas de mujeres, que me han costado mucho, y veréis si digo más, ladrones vivos. Pues si yo viera vuestras maldades, vuestras tiranías, vuestras insolencias, vuestros robos, ¿no dijera más? Dijera más y más, y dijera tanto que enmendarais el refrán, diciendo: «Más dijera Mateo Pico». Aquí estoy, y digo más, y avisad de esto a los habladores de allá, que yo apelo de este refrán con las mil y quinientas.

Quedé confuso de mi inadvertencia y desdicha en topar con el mismo Mateo Pico. Era un hombrecillo menudo, todo chillido, que parecía que rezumaba de palabras por todas sus juntas, zambo de ojos y bizco de piernas, y me parece que le he visto mil veces en diferentes partes.

Quitose de delante y descubriose una grandísima redoma de vidrio; dijéronme que llegase, y vi un jigote que se bullía en un ardor terrible y andaba danzando por todo el garrafón, y poco a poco se fueron juntando unos pedazos de carne y unas tajadas, y de esta se fue componiendo un brazo, y un muslo, y una pierna, y al fin se coció y enderezó un hombre entero. De todo lo que había visto y pasado me olvidé, y esta visión me dejó tan fuera de mí que no diferenciaba de los muertos.

-¡Jesús mil veces! -dije-. ¿Qué hombre es este, nacido en guisado, hijo de una redoma?

En esto oí una voz que salía de la vasija, y dijo:

-¿Qué año es este?

-De seiscientos veintidós -respondí.

-Este año esperaba yo.

-¿Quién eres -dije-, que parido de una redoma, hablas y vives?

-¿No me conoces? -dijo-. ¿La redoma y las tajadas no te advierten que soy aquel famoso nigromántico de Europa? ¿No has oído decir que me hice tajadas dentro de una redoma para ser inmortal?

-Toda mi vida lo he oído decir -le respondí- mas túvelo por conversación de la cuna y cuento de entre dijes y babador. ¿Que tú eres? Yo confieso que lo más que llegué a sospechar fue que eres algún alquimista que penabas en esa redoma, o algún boticario. Todos mis temores doy por bien empleados por haberte visto.

-Sábete -dijo- que mi nombre no fue del título que me da la ignorancia, aunque tuve muchos. Sólo te digo que estudié y escribí muchos libros, y los míos quemaron, no sin dolor, doctos.

-Si me acuerdo -dije yo-, oído he decir que estás enterrado en un convento de religiosos, mas hoy me he desengañado.

-Ya que has venido aquí -dijo- destapa esa redoma.

Yo empecé a hacer fuerza y a desmoronar tierra con que estaba enlodado el vidrio de que era hecha, y díjome:

-Espera. Dime primero, ¿hay mucho dinero en España?; ¿en qué opinión está el dinero, qué fuerza alcanza, qué crédito, qué valor?

Respondile:

-No han descaecido las flotas de las Indias, aunque Génova ha hecho unas sanguijuelas desde España al Cerro del Potosí, con que se van restañando las venas, y a chupones se empezaron a secar las minas.

-¿Genoveses andan a la zacapela con el dinero? -dijo él-. Vuélvome jigote. Hijo mío, los genoveses son lamparones del dinero, enfermedad que procede de tratar con gatos; y vese que son lamparones porque solo el dinero que va a Francia no admite genoveses en su comercio. ¿Salir tenía yo, andando esos usagres de bolsas por las calles? No digo yo hecho jigote en redoma, sino hecho polvos en salvadera quiero estar antes que verlos hechos dueños de todo.

-Señor nigromántico -repliqué yo-, aunque esto es así, han dado en adolecer de caballeros en teniendo caudal, úntanse de señores y enferman de príncipes, y con esto y los gastos y empréstitos, se apolilla la mercancía y se viene todo a repartir en deudas y locuras, y ordena el demonio que las putas vendan las rentas reales de ellos, porque los engañan, los enferman, los enamoran, los roban, y después los hereda el Consejo de Hacienda. La verdad adelgaza y no quiebra: en esto se conoce que los genoveses no son verdad, porque adelgazan y quiebran.

-Animado me has -dijo- con eso. Dispondreme a salir de esta vasija como primero me digas en qué estado está la honra en el mundo.

-Mucho hay que decir en esto -le respondí yo-; tocado has una tecla del diablo. Todos tienen honra y todos son honrados y todos lo hacen todo caso de honra. Hay honra en todos estos estados, y la honra se está cayendo de su estado y parece que está ya siete estados debajo de tierra. Si hurtan dicen que por conservar esta nueva honra, y que quieren más hurtar que pedir. Si piden dicen que por conservar esta nueva honra, y que es mejor pedir que no hurtar. Si levantan un testimonio, si matan a uno, lo mismo dicen, que un hombre honrado antes se ha de dejar morir entre dos paredes que sujetarse a nadie, y todo lo hacen al revés. Y al fin, en el mundo todos han dado en la cuenta, y llaman honra a la comodidad, y con presumir de honrados y no serlo, se ríen del mundo.

-Considérome yo a los hombres con unas honras títires que chillan, bullen y saltan, que parecen honras y mirado bien son andrajos y palillos. El no decir verdad será mérito; el embuste y la trapaza, caballería; y la insolencia, donaire. Honrados eran los españoles cuando podían decir deshonestos y borrachos a los extranjeros, mas andan diciendo aquí malas lenguas que ya en España ni el vino se queja de mal bebido ni los hombres mueren de sed. En mi tiempo no sabía el vino por dónde subía a las cabezas y ahora parece que se sube hacia arriba. Pues los maridos, porque tratamos de honras, considero yo que andarán hechos buhoneros de sus mujeres, alabando cada uno a sus agujas.

-Hay maridos calzadores, que los meten para calzarse la mujer con más descanso, y sacarlos fuera ellos. Hay maridos linternas, muy compuestos, muy lucidos, muy bravos, que vistos de noche y a oscuras parecen estrellas, y llegados cerca son candelilla, cuerno y hierro rata por cantidad. Otros maridos hay jeringas, que apartados atraen y llegando se apartan. Pues la cosa más digna de risa es la honra de las mujeres cuando piden su honra, que es pedir lo que dan, y si creemos a la gente y a los refranes, que dicen: «Lo que arrastra honra», la honra del marido son las culebras y las faldas.

-No estoy dos dedos de volverme jigote -dijo el nigromántico- para siempre jamás. No sé qué me sospecho. Dime, ¿hay letrados?

-Hay plaga de letrados -dije yo-. No hay otra cosa sino letrados, porque unos lo son por oficio, otros lo son por presunción, otros por estudio (y de estos pocos), y otros (estos son los más) son letrados porque tratan con otros más ignorantes que ellos (en esta materia hablaré como apasionado), y todos se gradúan de doctores y bachilleres, licenciados y maestros, más por los mentecatos con quien tratan que por las universidades, y valiera más a España langosta perpetua que licenciados al quitar.

-Por ninguna cosa saldré de aquí -dijo el nigromántico-. ¿Eso pasa? Ya yo los temía, y por las estrellas alcancé esa desventura, y por no ver los tiempos que han pasado embutidos de letrados me avecindé en esta redoma, y por no los ver me quedaré hecho pastel en bote.

Repliqué:

En los tiempos pasados, que la justicia estaba más sana, tenía menos doctores, y hale sucedido lo que a los enfermos, que cuantas más juntas de doctores se hacen sobre él, más peligro muestra y peor le va, sana menos y gasta más. La justicia, por lo que tiene de verdad, andaba desnuda; ahora anda empapelada como especias. Un Fuero Juzgo con su maguer y su cuemo y conusco y faciamus era todas las librerías, y aunque son voces antiguas suenan con mayor propiedad, pues llaman sayón al alguacil, y otras cosas semejantes. Ahora ha entrado una cáfila de Menochios, Surdos y Fabros, Farinacios y Cujacios, consejos y decisiones y responsiones y lecciones y meditaciones, y cada día salen autores, y cada uno con una infinidad de volúmenes: Doctoris Putei, In legem 6, volumen 1, 2, 3, 4, 5, 6, hasta 15; Licentiati Abtitis, De usuris; Petri Cusqui, In codigum; Rupis, Bruticarpin, Castani, Montoncanense, De adulterio & parricidio; Cornarano, Rocabruno... Los letrados todos tienen un cementerio por librería, y por ostentación andan diciendo: «Tengo tantos cuerpos», y es cosa brava que las librerías de los letrados todas son cuerpos sin alma, quizá por imitar a sus amos. No hay cosa en que no os dejen tener razón; solo lo que no dejan tener a las partes es el dinero, que le quieren ellos para sí. Y los pleitos no son sobre si lo que deben a uno se lo han de pagar a él, que eso no tiene necesidad de preguntas y respuestas; los pleitos son sobre que el dinero sea de letrados y del procurador sin justicia, y la justicia, sin dineros, de las partes. ¿Queréis ver qué tan malos son los letrados? Que si no hubiera letrados no hubiera porfías y si no hubiera porfías no hubiera pleitos y si no hubiera pleitos no hubiera procuradores y si no hubiera procuradores no hubiera enredos y si no hubiera enredos no hubiera delitos y si no hubiera delitos no hubiera alguaciles y si no hubiera alguaciles no hubiera cárcel y si no hubiera cárcel no hubiera jueces y si no hubiera jueces no hubiera pasión y si no hubiera pasión no hubiera cohecho: mirad la retahíla de infernales sabandijas que se producen de un licenciadito, lo que disimula una barbaza y lo que autoriza una gorra. Llegaréis a pedir un parecer y os dirán: «Negocio es de estudio. Diga v. m., que ya estoy al cabo. Habla la ley en propios términos». Toman un quintal de libros, danles dos bofetadas hacia arriba y hacia abajo, y leen deprisa; reméndanle una anexión; luego dan un gran golpe con el libro patas arriba sobre una mesa, muy esparrancado de capítulos. Dicen: «En el propio caso habla el jurisconsulto. v. m. me deje los papeles, que me quiero poner bien en el hecho del negocio, y téngalo por más que bueno, y vuélvase por acá mañana en la noche, porque estoy escribiendo sobre la tenuta de Trasbarras; mas por servir a v. m. lo dejaré todo». Y cuando al despediros le queréis pagar (que es para ellos la verdadera luz y entendimiento del negocio que han de resolver) dice, haciendo grandes cortesías y acompañamientos: «¡Jesús, señor!», y entre «Jesús» y «señor» alarga la mano, y para gastos de pareceres se emboca un doblón.

-No he de salir de aquí -dijo el nigromántico- hasta que los pleitos se determinen a garrotazos, que en el tiempo que por falta de letrados se determinaban las causas a cuchilladas decían que el palo era alcalde, y de ahí vino: «júzguelo el alcalde de palo». Y si he de salir ha de ser solo a dar arbitrio a los reyes del mundo que quien quisiere estar en paz y rico, que pague los letrados a su enemigo, para que lo embelequen y roben y consuman. Dime, ¿hay todavía Venecia en el mundo?

-¿Si la hay? -dije yo-. No hay otra cosa sino Venecia y venecianos.

-¡Oh, doyla al diablo -dijo el nigromántico- por vengarme del mismo diablo, que no sé que pueda darla a nadie sino por hacerle mal. Es república esa que mientras que no tuviere conciencia durará, porque si restituye lo ajeno no les queda nada. Linda gente, la ciudad fundada en el agua, el tesoro y la libertad en el aire, y la deshonestidad en el fuego, y al fin es gente de quien huyó la tierra, y son narices de las naciones y el albañar de las monarquías, por donde purgan las inmundicias de la paz y de la guerra, y el turco los permite por hacer mal a los cristianos y los cristianos por hacer mal a los turcos, y ellos, por poder hacer mal a unos y a otros, no son moros ni cristianos, y así dijo uno de ellos mismos, en una ocasión de guerra, para animar a los suyos contra los cristianos: «¡Ea, que antes fuisteis venecianos que cristianos!». Dejemos eso y dime, ¿hay muchos golosos de valimientos de los señores del mundo?

-Enfermedad es -dije yo- esa de que todos los reinos son hospitales.

Y él replicó:

-Antes casas de orates, entendí yo. Mas, según la relación que me haces, no me he de mover de aquí; mas quiero que tú les digas a esas bestias que en albarda tienen la vanidad y ambición, que los reyes y príncipes son azogue en todo. Lo primero, el azogue, si le quieren apretar se va: así sucede a los que quieren tomarse con los reyes más a mano de lo que es razón. El azogue no tiene quietud: así son los ánimos por la continua mareta de negocios. Los que tratan y andan con el azogue, todos andan temblando: así han de hacer los que tratan con los reyes, temblar delante ellos, de respeto y temor, porque si no, es fuerza que tiemblen después hasta que caigan. ¿Quién reina ahora en España?, que es la postrera curiosidad que he de saber, que me quiero volver ajigote, que me hallo mejor.

-Murió Filipo -dije yo.

-Fue santo rey, de virtud incomparable -dijo el nigromántico- según leí yo en las estrellas pronosticado.

-Reina Filipo IV días ha -dije yo.

-¿Eso pasa? -dijo-; ¿que ya ha dado el tercero cuarto para la hora que yo esperaba?

Y diciendo y haciendo subió por la redoma y la trastornó y salió fuera. Iba diciendo y corriendo:

-Más justicia se ha de hacer ahora por un cuarto que en otros tiempos por doce millones.

Yo quise partir tras él, cuando me asió del brazo un muerto, y dijo:

-Déjale ir, que nos tenía con cuidado a todos; y cuando vayas al otro mundo di que Agrajes estuvo contigo, y que se queja que le levantéis «ahora lo veréis». Yo soy Agrajes, mira bien que no he hecho tal, que a mí no se me da nada que ahora ni nunca le veáis, y siempre andáis diciendo: «Ahora lo veréis, dijo Agrajes». Solo ahora, que a ti y al de la redoma os oí decir que reinaba Filipo IV, digo que ahora lo veréis. Y pues soy Agrajes, «ahora lo veréis, dijo Agrajes».

Fuese y púsoseme delante enfrente de mí un hombrecillo que parecía remate de cuchar, con pelo de limpiadera, erizado, bermejizo y pecoso.

-Dígote sastre -dije yo.

Y él, tan presto, dijo:

-Oír, que no pica, pues no soy sino solicitador, y no pongáis nombres a nadie (yo me llamo Arbalias), a unos y a otros sin saber a quién lo decís.

Muy enojado, a mí se llegó un hombre viejo, muy ponderado de testuz, de los que traen canas por vanidad, una gran haz de barbas, ojos a la sombra, muy metidos, trentaza llena de surcos, ceño descontento, vestido que juntando lo extraordinario con el desaliño, hacía misteriosa la pobreza.

-Más de espacio te he menester que Arbalias -me dijo-. Siéntate.

Sentose y senteme. Y como si le dispararan de un arcabuz en figura de trasgo se apareció entre los dos otro hombrecillo que parecía astilla de Arbalias, y no hacía sino chillar y bullir. Díjole el viejo con una voz muy honrada:

-Idos a enfadar a otra parte, que luego vendréis.

-Yo también he de hablar -decía, y no paraba.

-¿Quién es este? -pregunté.

Dijo el viejo:

-¿No has caído en quién puede ser? Este es Chisgaravís.

-Doscientos mil de estos andáis por Madrid -dije yo-, y no hay otra cosa sino Chisgaravises.

Replicó el viejo:

-Éste anda aquí cansando los muertos y a los diablos. Pero déjate de eso y vamos a lo que importa. Yo soy Pedro y no Pero Grullo, que quitándome una d en el nombre me hacéis el santo fruta.

Es Dios verdad que cuando dijo Pero Grullo, me pareció que le vía las alas.

-Huélgome de conocerte -repliqué-. ¿Que tú eres el de las profecías que dicen de Pero Grullo?

-A eso vengo -dijo el profeta estantigua-, de eso hemos de tratar. Vosotros decís que mis profecías son disparates, y hacéis mucha burla de ellas. Estemos a cuentas: las profecías de Pero Grullo, que soy yo, dicen así:

> Muchas cosas nos dejaron
>
> las antiguas profecías:
>
> Dijeron que en nuestros días
>
> será lo que Dios quisiere.

Pues ¡bribones, adormecidos en maldad, infames!, si esta profecía se cumpliera, ¿había más que desear? Si fuera lo que Dios quisiere fuera siempre lo justo, lo bueno, lo santo; no fuera lo que quiere el diablo, el dinero y la codicia, pues hoy lo menos es lo que Dios quiere y lo más lo que queremos nosotros contra su ley; y ahora el dinero es todos los quereres, porque él es el querido y el que quiere y no se hace sino lo que él quiere, y el dinero es el Narciso, que se quiere a sí mismo y no tiene amor sino a sí. Prosigo:

> Si lloviere hará lodos,
>
> y será cosa de ver
>
> que nadie podrá correr
>
> sin echar atrás los codos.

Hacedme merced de correr los codos adelante y negadme que esto no es verdad. Diréis que de puro verdad es necedad: ¡buen achaquito, hermanos vivos! La verdad así decís que amarga; poca verdad decís que es mentira, muchas verdades que es necedad. ¿De qué manera ha de ser la verdad para que os agrade? Y sois tan necios que no habéis echado de ver que no es tan profecía de Pero Grullo como decís, pues hay quien corra echando los codos adelante, que son los médicos cuando vuelven la mano atrás al recibir el dinero de la visita al despedirse, que toman el dinero corriendo y corren como una mona al que se lo da porque le mate.

> El que tuviere tendrá,
>
> será el casado marido,

y el perdido más perdido

quien menos guarda y más da.

Ya estás diciendo entre ti: «¿Qué perogrullada es esta?». El que tuviere tendrá -replicó luego-: pues así es, que no tiene el que gana mucho ni el que hereda mucho ni el que recibe mucho; solo tiene el que tiene y no gasta; y quien tiene poco, tiene; y si tiene dos pocos, tiene algo; y si tiene dos algos, más es; y si tiene dos mases, tiene mucho; y si tiene dos muchos, es rico. Que el dinero (y llevaos esta doctrina de Pero Grullo) es como las mujeres, amigo de andar y que le manoseen y le obedezcan, enemigo de que le guarden, que se anda tras los que no le merecen, y al cabo deja a todos con dolor de sus almas, amigo de andar de casa en casa. Y para ver cuán ruin es el dinero (que no parece sino que ha sido cotorrera) habéis de ver a cuán ruin gente le da el Señor (quitando a los profetas), y en esto conoceréis lo que son los bienes de este mundo en los dueños de ellos. Echad los ojos por esos mercaderes (sino es que estén allá, pues roban los ojos), mirad esos joyeros, que a persuasión de la locura venden enredos resplandecientes y embustes de colores donde se anegan los dotes de los recién casados. ¿Pues qué, si vais a la platería? No volveréis enteros. Allí cuesta la honra, y hay quien hace creer a un malaventurado que se ciña su patrimonio al dedo, y no sintiendo los artejos el peso, está aullando en su casa. No trato de los pasteleros y sastres, ni de los roperos, que son sastres a Dios y a la ventura y ladrones a diablos y desgracia. Tras estos se anda el dinero, y no tenga asco cualquier bien aliñado de costumbres y pulido de conciencia de comunicarle ningún deseo. Dejemos esto y vamos a la segunda profecía, que dice: «Será el casado marido». ¡Vive el cielo de la cama -dijo muy colérico porque hice no sé qué gesto oyendo la grullada- que si no os oís con mesura y si os rezumáis de carcajadas que os pele las barbas! Oíd noramala, que a oír habéis venido, y a aprender. ¿Pensáis que todos los casados son maridos? Pues mentís, que hay muchos casados solteros y muchos solteros maridos, y hay hombre que se casa para morir doncel y doncella que se casa para morir virgen de su marido. Y habéisme engañado, y sois maldito hombre, y aquí han venido mil muertos diciendo que los habéis muerto a puras bellaquerías. Y certifícoos que si no mirara, que os arrancara las narices y los ojos, bellaconazo, enemigo de todas las cosas. Reíos también de esta profecía:

Las mujeres parirán

si se empreñan y parieren,

y los hijos que nacieren

de cuyos fueren serán.

¿Veis que parece bobada de Pero Grullo? Pues yo os prometo que si se averiguare esto de los padres, había de haber una confusión de daca mi mayorazgo y toma tu herencia. Hay en esto de las barrigas mucho que decir, y como los hijos es una cosa que se hace a oscuras y sin luz, no hay quien averigüe quién fue concebido a escote ni quién a medias, y es menester creer el parto, y todos heredamos por el dicho del nacer, sin más acá ni más allá. Esto se entiende de las mujeres que meten oficiales, que mi profecía no habla con la gente honrada, si algún maldito como vos no lo tuerce. ¿Cuántos pensáis que el día del juicio conocerán por padre a su paje, a su escudero, a su esclavo y a su vecino, y cuántos padres se hallarán sin descendencia? Allá lo veréis.

-Esta profecía, y las demás -dije yo- no las consideramos allá de esta manera; y te prometo que tienen más veras de las que parecen y que oídas en tu boca son de otra suerte. Y confieso que te hacen agravio.

-Pues oye -dijo- otra:

> Volarase con las plumas,
>
> andarase con los pies,
>
> serán seis dos veces tres.

Volarase con las plumas: pensáis que lo digo por los pájaros y os engañáis, que eso fuera necedad. Dígolo por los escribanos y genoveses, y estos nos vuelan con las plumas, mas el dinero delante. Y porque vean en el otro mundo que profeticé de los tiempos de ahora, y que hay Pero Grullo para los que vivís, llévate este mendrugo de profecías, que a fe que hay qué hacer en entenderlo.

Fuese y dejome un papel en que estaban escritos estos renglones por esta orden:

> Nació viernes de Pasión
>
> para que zahorí fuera,
>
> y porque en su día muriera
>
> el bueno y el mal ladrón.
>
> Habrá mil revoluciones
>
> entre linajes honrados,
>
> restituirá los hurtados,
>
> castigará los ladrones,
>
> Y si quisiere primero
>
> las pérdidas remediar,

lo hará solo con echar

la soga tras el caldero.

Y en estos tiempos que ensarto

veréis, ¡maravilla extraña!,

que se desempeña España

solamente con un cuarto.

Mis profecías mayores

verá cumplidas la ley

cuando fuere cuarto el rey

y cuartos los malhechores.

Leí con admiración las cinco profecías de Pero Grullo, y estaba meditando en ellas cuando por detrás me llamaron. Volvime, y era un muerto muy lacio y afligido, muy blanco y vestido de blanco, y dijo:

-Duélete de mí, y si eres buen cristiano, sácame de poder de los cuentos de los habladores y de los ignorantes que no me dejan descansar, y méteme donde quisieres.

Hincose de rodillas, y despedazándose a bofetadas, lloraba como niño.

-¿Quién eres -dije- que a tanta desventura estás condenado?

-Yo soy -dijo- un hombre muy viejo a quien levantan mil testimonios y achacan mil mentiras; yo soy el Otro, y me conocerás, pues no hay cosa que no lo diga «el Otro», y luego, en no sabiendo cómo dar razón de sí, dicen: «Como dijo el Otro». Yo no he dicho nada, ni despego la boca. En latín me llaman quidam, y por esos libros me hallarás abultando renglones y llevando cláusulas. Y quiero, por amor de Dios, que vayas al otro mundo y digas cómo has visto al Otro, en blanco, y que no tiene nada escrito, y que no dice nada, ni lo ha de decir ni lo ha dicho, y que desmiente desde aquí a cuantos me citan y achacan lo que no saben, pues soy el autor de los idiotas y el texto de los ignorantes. Y has de advertir que en los chismes me llaman «cierta persona», y en los enredos «no sé quién», y en las cátedras «cierto autor», y todo lo soy el desdichado Otro. Haz esto y sácame de tanta desventura y miseria.

-¿Aún aquí estáis, y no queréis dejar hablar a nadie? -dijo un muerto hablando armado de punta en blanco muy colérico. Y asiéndome del brazo, dijo:

-Oíd acá, y pues habéis venido por estafeta de los muertos a los vivos, cuando vais allá decidles que me tienen muy enfadado todos juntos.

-¿Quién eres? -le pregunté.

-Soy -dijo- Calaínos.

-¿Calaínos eres? -dije-. No sé cómo estás desasnado, porque eternamente dicen: «Cabalgaba Calaínos».

-¿Saben ellos mis cuentos? Mis cuentos fueron muy buenos y muy verdaderos, y no se metan en cuentos conmigo.

-Mucha razón tiene el señor Calaínos -dijo otro que se allegó-, y él y yo estamos muy agraviados. Yo soy Cantipalos, y no hacen sino decir: «El ánsar de Cantipalos, que salía al lobo al camino», y es menester que les digáis que me han hecho del asno ánsar, y que era asno el que yo tenía y no ánsar, y los ánsares no tienen que ver con los lobos, y que me restituyan a mi asno en el refrán y que me le restituyan luego y tomen su ánsar, justicia con costas y para ello, etc.

Con su báculo venía una vieja o espantajo, diciendo:

-¿Quién está allá a las sepulturas? -con una cara hecha de un orejón; los ojos en dos cuévanos de vendimiar; la frente con tantas rayas y de tal color y hechura, que parecía planta de pie; la nariz en conversación con la barbilla, que casi juntándose hacían garra, y una cara de la impresión del grifo; la boca a la sombra de la nariz, de hechura de lamprea, sin diente ni muela, con sus pliegues de bolsa a lo jimio, y apuntándole ya el bozo de las calaveras en un mostacho erizado; la cabeza con temblor de sonajas y la habla danzante; unas tocas muy largas sobre el monjil negro, esmaltando de mortaja la tumba; con un rosario muy largo colgando, y ella corva, que parecía con las muertecillas que colgaban de él que venía pescando calaverillas chicas. Yo, que vi semejante abreviación del otro mundo, dije a grandes voces, pensando que sería sorda:

-¡Ah, señora, ah, madre, ah, tía! ¿Quién sois? ¿Queréis algo?

Ella entonces, levantando el abinitio et ante secula de la cara, y parándose, dijo:

-No soy sorda, ni madre ni tía; nombre tengo y trabajos, y vuestras sinrazones me tienen acabada.

-¿Quién creyera que en el otro mundo hubiera presunción de mocedad, y en una cecina como esta? Llegose más cerca, y tenía los ojos haciendo aguas, y en el pico de la nariz columpiándose una moquita, por donde echaba un tufo de cementerio. Díjela que perdonase y preguntele su nombre. Díjome:

-Yo soy dueña Quintañona.

-¿Que dueñas hay entre los muertos? -dije maravillado-. Bien hacen de pedir cada día a Dios misericordia más que requiescant in pace, descansen en paz; porque si hay dueñas meterán en ruido a todos. Yo creí que las mujeres se morían cuando se volvían dueñas, y que las dueñas no tenían de morir, y que el mundo está condenado a dueña perdurable que nunca se acaba; mas ahora que te veo acá, me desengaño, y me he holgado de verte, porque por allá luego decimos: «Miren la dueña Quintañona, daca la dueña Quintañona».

-Dios os lo pague y el diablo os lleve -dijo-, que tanta memoria tenéis de mí, y sin haberlo yo de menester. Decid, ¿no hay allá dueñas de mayor número que yo? Yo soy Quintañona. ¿No hay dieciochenas y setentonas? ¿Pues por qué no dais tras ellas y me dejáis a mí, que ha más de ochocientos años que vine a fundar dueñas al infierno, y hasta ahora no se han atrevido los diablos a recibirlas, diciendo que andamos ahorrando penas a los condenados y guardando cabos de tizones, como de velas, y que no habrá cosa cierta en el infierno? Y estoy rogando con mi persona al Purgatorio, y todas las almas dicen en viéndome: «¡Dueña, no por mi casa!». Con el cielo no quiero nada, que las dueñas en no habiendo a quien atormentar y un poco de chisme, perecemos. Los muertos también se quejan de que no los dejo ser muertos como lo habían de ser, y todos me han dejado en mi albedrío si quiero ser dueña en el mundo, mas quiero estarme aquí, por servir de fantasma en mi estado toda la vida, y no sentada a la orilla de una tarima guardando doncellas, que son más de trabajo que de guardar, pues en viniendo una visita aquel: «¡Llamen a la dueña!», y a la pobre dueña todo el día le están dando su recaudo todos; en faltando un cabo de vela: «¡Llamen a Álvarez, la dueña le tiene!»; si falta un retacillo de algo: «¡La dueña estaba allí!»; que nos tienen por cigüeñas, tortugas y erizos de las casas, que nos comemos las sabandijas; si algún chisme hay: «¡Alto a la dueña!». Y somos la gente más mal aposentada del mundo, porque en el invierno nos ponen en los sótanos, y los veranos en los zaquizamíes. Y lo mejor es que nadie nos puede ver: las criadas porque dicen que las guardamos; los señores porque los gastamos; los criados porque nos guardamos; los de fuera por el coram vobis de responso, y tienen razón, porque ver una de nosotras encaramada sobre unos chapines, muy alta y muy derecha, parecemos túmulo vivo. ¡Pues cuando en una visita de señoras hay conjunción de dueñas! Allí se engendran las angustias y sollozos, de allí proceden las calamidades y plagas, los enredos y embustes, marañas y parlerías, porque las dueñas influyen acelgas y lentejas y pronostican candiles y veladores y tijeras de espabilar. ¡Pues qué cosa es levantarse ocho velas como ocho cabos de años u ocho sin cabo, ensabanadas, y despedirse con unas bocas de tejadillo, con unas hablas sin hueso, dando tabletadas con las encías y, poniéndose cada una a las espaldas de su ama a entristecerlas las asentaderas, bajar trompicando y dando de ojos a donde en una silla entre andas y ataúd, la llevan los pícaros arrastrando! Antes quiero estarme entre muertos y vivos pereciendo, que volver a ser dueña. Pues hubo caminante que preguntando dónde había de parar una noche de invierno yendo a Valladolid, y diciéndole que en un lugar que se llama Dueñas, dijo que si había dónde parar antes o después. Dijéronle que no, y él a esto dijo: «Más quiero parar en la horca que en Dueñas», y se quedó fuera en la picota. Solo os pido, así os libre Dios de dueñas (y no es pequeña bendición, que para decir que destruirán a uno dicen que le pondrán cual digan dueñas, mirad lo que es decir dueñas), ruégote encarecidamente que hagas que metan otra dueña en el refrán y me dejen descansar a mí, que estoy muy vieja para andar en refranes, y querría más andar en zancos, porque no deja de cansar a una persona andar de boca en boca.

Muy angosto, muy a teja vana las carnes, devanado en un cendal, con unas mangas por greguescos y una esclavina por capa y un soportal por sombrero, amarrado a una espada, se llegó a mí un rebozado y llamome en la seña de los sombreros:

-¡Ce, ce! -me dijo.

Yo le respondí luego. Llegueme a él; entendí que era algún muerto avergonzante. Preguntele quién era:

-Yo soy el malcosido y peor sustentado don Diego de Noche.

-Más precio haberte visto -dije yo- que a cuanto tengo. ¡Oh, estómago aventurero! ¡Oh, gaznate de rapiña! ¡Oh, panza al trote! ¡Oh, susto de los banquetes! ¡Oh, mosca de los platos! ¡Oh, sacabocados de los señores! ¡Oh, tarasca de los convites y cáncer de las ollas! ¡Oh, sabañón de las cenas!¡Oh, sarna de los almuerzos! ¡Oh, sarpullido del medio día! No hay otra cosa en el mundo sino confrades, discípulos y hijos tuyos.

-Sea por amor de Dios -dijo don Diego de Noche-. ¡Qué me faltaba para oír! Mas en pago de mi paciencia os ruego que os lastiméis, pues en vida siempre andaba cerniendo las carnes el invierno por las picaduras del verano, sin poder hartar estas asentaderas de greguescos, el jubón en pelo sobre las carnes, el más tiempo en ayunas de camisa, siempre dándome por entendido de las mesas ajenas, esforzando con pistos de cerote y ramplones desmayos del calzado, animando a las medias a puras sustancias de hilo y aguja. Llegué a estado que, en viéndome calzado de geomancia, porque todas las calzas eran puntos, cansado de andar restañando el ventanaje, me entinté la pierna y dejé correr. No se vio jamás socorrido de pañizuelos mi catarro, que afilando el brazo por las narices, me pavonaba de romadizo, y si acaso alcanzaba algún pañizuelo, porque no le viesen, al sonarme me rebozaba, y haciendo el coco con la capa, tapando el rostro, me sonaba a oscuras. En el vestir he parecido árbol, que en el verano me he abrigado y vestido y en el invierno he andado desnudo. No me han prestado cosa que haya vuelto, hasta espada, que dicen que «no hay espada sin vuelta»: si todos me las prestasen, todas serían sin vuelta. Y con no haber dicho verdad en toda mi vida, y aborrecídola, decían todos que mi persona era buena para verdad, desnuda y amarga. En abriendo yo la boca, lo mejor que se podía esperar era un bostezo o un parasismo, porque todos esperaban el «deme v. m., présteme, hágame merced», y así estaban armados de respuestas a bergantes, y en despegando los labios, de tropel se oía: «No hay qué dar», «Dios le provea», «Cierto que no tengo», «Yo me holgara», «No hay un cuarto». Y fui tan desdichado que a tres cosas siempre llegué tarde; y a pedir prestado llegué siempre dos horas después, y siempre me pagaban con decir que «llegara v. m. dos horas antes, se le prestara ese dinero». A ver los lugares llegué dos años después, y en alabando cualquier lugar me decían: «ahora no vale nada; si v. m. lo viera dos años ha». A conocer y alabar las mujeres hermosas llegué siempre tres años después, y me decían: «Tres años atrás me había v. m. de ver, que vertía perlas mejillas». Según esto fuera harto mejor que me llamaran don Diego Después que no don Diego de Noche. ¿Decir que después de muerto descanso? Aquí estoy y no me harto de muerte; los gusanos se mueren de hambre conmigo y yo me como a los gusanos de hambre, y los muertos andan siempre huyendo de mí porque no les pegue el don o les hurte los huesos o les pida prestado, y los diablos se recatan de mí porque no me meta de gorra a calentarme, y ando por estos rincones introducido en telaraña. Hartos don Diegos hay allá de quien pueden echar mano; déjenme con mi trabajo, que no viene muerto que luego no pregunte por don Diego de Noche. Y diles a todos los dones a teja vana, caballeros chirlos, hacia hidalgos y casi dones, que hagan bien por mí, que estoy penando en una bigotera de fuego, porque siendo gentilhombre mendicante, caminaba con horma y bigotera a un lado y molde para el cuello y la bula en el otro; y esto y sacar mi sombra, llamaba yo mudar mi casa.

Desapareció aquel caballero visión, y dio gana de comer a los muertos, cuando llegó a mí con la mayor prisa que se ha visto, un hombre alto y flaco, menudo de facciones, de hechura de cerbatana, y sin dejarme descansar, me dijo:

-Hermano, dejadlo todo presto, luego, que os aguardan los muertos que no pueden venir acá, y habéis de ir al instante a oídlos, y a hacer lo que os mandaren sin replicar y sin dilación; luego.

Enfadome la prisa del diablo del muerto, que no vi hombre más súpito, y dije:

-Señor mío, esto no es Cochitehervite.

-Sí es -dijo muy demudado-; dígoos que yo soy Cochitchervite, y el que viene a mi lado -aunque yo no le había visto- es Trochimochi, que somos más parecidos que el freír y el llover.

Yo que me vi entre Cochitehervite y Trochimochi fui como un rayo donde me llamaban.

Estaban sentadas unas muertas a un lado, y dijo Cochitehervite:

-Aquí está doña Fáfula, Maricapalos y Mari Rabadilla.

Dijo Trochimochi:

-Despachen, señoras, que está detenida mucha gente.

Doña Fáfula dijo:

-Yo soy una mujer muy principal.

-Nosotras somos -dijeron las otras- las desdichadas que vosotros los vivos traéis en las conversaciones disfamadas.

-Por mí no se me da nada -dijo doña Fáfula- pero quiero que sepan que soy mujer de un poeta de comedias que escribió infinitas, y que me dijo un día el papel: «Señora, tanto mejor me hallara en andrajos en los muladares que en coplas en las comedias cuanto no lo sabré encarecer». Fui mujer de mucho valor y tuve con mi marido, el poeta, mil pesadumbres sobre las comedias, autos y entremeses. Decíale yo que por qué cuando en las comedias un vasallo arrodillado dice al rey «Dame esos pies», responde siempre: «Los brazos será mejor»; que la razón era, en diciendo: «dame esos pies» responder: «¿con qué andaré yo después?». Sobre la hambre de los lacayos y el miedo, tuve grandes peloteras con él, y tuve buenos respetos, que le hice mirar al fin de las comedias por la honra de las infantas, porque las llevaba de voleo y era compasión; no me pagarán esto sus padres de ellas en su vida. Fuile a la mano en los dotes de los casamientos para acabar la maraña en la tercera jornada, porque no hubiera rentas en el mundo; y en una comedia, porque no se casasen todos, le pedí que el lacayo, queriéndole casar su señor con la criada, no quisiese casarse ni hubiese remedio, siquiera porque saliere un lacayo soltero. Donde mayores voces tuvimos, que casi me quise descasar, fue sobre los autos del Corpus. Decíale yo: «Hombre del diablo, ¿es posible que siempre en los autos del Corpus ha de entrar el diablo con grande brío, hablando a voces, gritos y patadas, y con un brío que parece que todo el teatro es suyo y poco para hacer su papel, como quien dice: ¡Huela la casa al diablo!, y Cristo muy encogido, que parece que apenas echa la habla por la boca? Por vida vuestra que hagáis un auto donde el diablo no diga esta boca es mía, y pues tiene por qué callar, no hable; y que hable Cristo, pues puede y tiene razón, y enójese en un auto, que aunque es la misma paciencia, tal vez se indignó y tomó el azote y trastornó mesas y tiendas y cátedras y hizo ruido». Hícele que, pues podía decir «Padre eterno», no dijese «Padre eternal», ni «Satán», sino «Satanás», que aquellas palabras eran buenas cuando el diablo entra diciendo «bu, bu, bu» y se sale como cohete. Desagravié los entremeses, que a todos les daban de palos, y con todos sus palos hacían los entremeses; cuando se dolían de ellos, «duélanse (decía yo) de las comedias, que acaban en casamientos y son peores, porque son palos y mujer». Las comedias, que oyeron esto, por vengarse, pegaron los casamientos a los entremeses, y ellos por escaparse y ser solteros, algunos se acaban en barbería, guitarricas y cántico.

-¿Tan malas son las mujeres -dijo Maricapalos-, señora doña Fáfula?

Doña Fáfula, enfadada y con mucho toldo, dijo:

-Miren con qué nos viene ahora Maricapalos.

Si vengo, no vengo, se quisieron arañar y sí se hicieron, porque Mari Rabadilla, que estaba allí, no pudo llegar a meterlas en paz, que sus hijos, por comer cada uno en su escudilla, se estaban dando de puñadas.

-Mirad -decía doña Fáfula- que digáis en el mundo quién soy.

Decía Maricapalos:

-Mira que digáis cómo la he puesto.

Mari Rabadilla dijo:

-Decidles a los vivos que si mis hijos comen cada uno en su escudilla, ¿qué mal les hacen a ellos? ¡Cuánto peores son ellos, que comen en la escudilla de los otros, como don Diego de Noche y otros cofrades de su taller!

Aparteme de allí, que me hendía la cabeza, y vi venir un ruido de pullidos y chillidos grandísimo, y una mujer corriendo como una loca, diciendo:

-Pío, pío.

Yo entendí que era la reina Dido que andaba tras el pío Eneas, por el perro muerto, a la zacapela, cuando oigo decir: «Allá va Marta con sus pollos».

-Válate el diablo, ¿y a casa estáis? ¿Para quién crías esos pollos? -dije yo.

-Yo me lo sé -dijo ella-. Críolos para comérmelos, pues siempre decís: «Muere Marta y muera harta». Y decidles a los del mundo, que quien canta bien después de hambriento, y que no digan necedades, que es cosa sabida que no hay tono como el del ahíto. Decidles que me dejen con mis pollos a mí, y que repartan esos refranes entre otras Martas que cantan después de hartas, que harto embarazada estoy yo acá con mis pollos sin que ande desasosegada en vuestro refrán.

¡Oh, qué voces y gritos se oían por toda aquella sima! Unos corrían a una parte y otros a otra, y todo se turbó en un instante. Yo no sabía dónde me esconder. Oíanse grandísimas voces que decían:

-Yo no te quiero; nadie te quiere.

Y todos decían esto. Cuando yo oí aquellos gritos, dije:

-Sin duda este es algún pobre, pues no le quiere nadie. Las señas de pobre son, por lo menos.

Todos me decían:

-¡Hacia ti, mira que va a ti!

Y yo no sabía qué me hacer y andaba como un loco mirando dónde huir, cuando me asió una cosa (que apenas divisaba lo que era) como sombra. Atemoriceme, púsoseme en pie el cabello, sacudiome el temor los huesos.

-¿Quién eres, o qué eres, o qué quieres -le dije-, que no te veo y te siento?

-Yo soy -dijo- el alma de Garibay, que ando buscando quien me quiera, y todos huyen de mí; y tenéis la culpa vosotros los vivos, que habéis introducido decir que el alma de Garibay no la quiso Dios ni el diablo, y en esto decís una mentira y una herejía. La herejía es decir que no la quiso Dios, que Dios todas las almas quiere y por todas murió; ellas son las que no quieren a Dios: así que Dios quiso el alma de Garibay como las demás. La mentira consiste en decir que no la quiso el diablo: ¿hay alma que no la quiera el diablo? No, por cierto, que pues él no hace asco de las de los pasteleros, roperos, sastres, ni sombrereros, no la hará de mí. Cuando yo viví en el mundo me quiso una mujer calva y chica, gorda y fea, melindrosa y sucia, con otra docena de faltas. Si esto no es querer el diablo, no sé qué es el diablo, pues veo, según esto, que me quiso por poderes, y esta mujer en virtud de ellos me endiabló, y ahora ando en pena por todos estos sótanos y sepulcros. Y he tomado por arbitrio volverme al mundo y andar entre los desalmados corchetes y mohatreros, que por tener alma todos me reciben; y así todos estos y los demás oficios de este jaez tienen el ánima de Garibay. Y decidles que muchos de ellos que allá dicen que el alma de Garibay no la quiso Dios ni el diablo, la quieren ellos por alma y la tienen por alma, y que dejen a Garibay y miren por sí.

En esto se desapareció con otro tanto ruido. Iba tras ella gran chusma de traperos, mesoneros, venteros, pintores, chicharreros y joyeros, diciéndola: «¡Aguarda, mi alma!». No vi cosa tan requebrada, y espantome que nadie la quería al entrar y casi todos la requebraban al salir.

Yo quedé confuso, cuando se llegaron a mí Perico de los Palotes, y Pateta, Juan de las Calzas Blancas, Pedro Pordemás, el Bobo de Coria, Pedro de Urdemales (así me dijeron que se llamaban) y dijeron:

-No queremos tratar del agravio que se nos hace a nosotros en los cuentos y en conversaciones, que no se ha de hacer todo en un día.

Yo les dije que hacían bien, porque estaba tal, con la variedad de cosas que había visto, que no me acordaba de nada.

-Solo queremos -dijo Pateta- que veas el retablo que tenemos de los muertos a puro refrán. Alcé los ojos y estaban a un lado el Santo Macarro, jugando al abejón, y a su lado la de Santo Leprisco; luego, en medio, estaba San Ciruelo y muchas mandas y promesas de señores y príncipes aguardando su día, porque entonces las harían buenas, que sería el día de San Ciruelo. Por encima de él estaba el Santo de Pajares y Fray Jarro, hecho una bota, por sacristán junto a San Porro, que se quejaba de los carreteros. Dijo Fray Jarro, con una vendimia por ojos, escupiendo racimos y oliendo a lagares, hechas las manos dos piezgos y la nariz espita, la habla remostada, con un tomillo del carro:

-Estos son santos que ha canonizado la picardía con poco temor de Dios.

Yo me quería ir, y oigo que decía el santo de Pajares:

-¡Ah, compañero!, decidles a los del siglo que muchos picarones que allá tenéis por santos, tienen acá guardados los pajares, y lo demás que tenemos que decir se dirá otro día.

Volví las espaldas y topé cosido conmigo don Diego de Noche, rascándose en una esquina. Conocile y díjele:

-¿Es posible que aún hay que comer en v. m., señor don Diego?

Y díjome:

-Por mis pecados soy refitorio y bodegón de piojos. Querría suplicaros, pues os vais, y allá habrá muchos y acá no se hallan, por el bien parecer, que ando so él desabrigado, que me enviéis algún mondadientes, que como yo le traiga en la boca todo me sobra, que soy amigo de traer las quijadas hechas jugador de manos, y al fin se masca y se chupa, y hay algo entre los dientes y poco a poco se roe, y si es de lentisco es bueno para las opilaciones.

Diome gran risa y aparteme de él huyendo, y por no le ver aserrar con las costillas un paredón a puros concomios.

Íbame poco a poco y buscando quien me guiase, cuando sin hablar palabra ni chistar (como dicen los niños), un muerto de buena disposición, bien vestido y de buena cara, cerró conmigo. Yo temí que era loco y cerré con él; metiéronnos en paz. Decía el muerto:

-¡Déjeme a ese bellaco deshonrabuenos, voto al cielo de la cama que le he de hacer que se quede acá!

Yo estaba colérico y díjele:

-¡Llega y te tornaré a matar, infame, que no puedes ser hombre de bien! ¡Llega, cabrón!

¡Quién tal dijo! No le hube llamado la mala palabra, cuando otra vez se quiso abalanzar a mí y yo a él. Llegáronse otros muertos y dijeron:

-¿Qué habéis hecho? ¿Sabéis con quién habláis? ¿A Diego Moreno llamáis cabrón? ¿No hallaste sabandijas de mejor frente?

-¿Que este es Diego Moreno? -dije yo.

Enojome más y alcé la voz, diciendo:

-¡Infame! ¿Pues tú hablas? ¿Tú dices a los otros deshonrabuenos? La muerte no tiene honra, pues consiente que este ande aquí. ¿Qué le he hecho yo?

-Entremés -dijo tan presto Diego Moreno-. ¿Yo soy cabrón y otras bellaquerías que compusiste a él semejantes? ¿No hay otros Morenos de quien echar mano? ¿No sabías que todos los Morenos, aunque se llamen Juanes, en casándose se vuelven Diegos y que el color de los más maridos es moreno? ¿Qué he hecho yo que no hayan hecho otros mucho más? ¿Acabose en mí el cuerno? ¿Levanteme yo a mayores con la cornamenta? ¿Encareciéronse por mi muerte los cabos de cuchillos y los tinteros? ¿Pues qué los ha movido a traerme por tablados? Yo fui marido de tomo y lomo, porque tomaba y engordaba; siete durmientes; era con los ricos y grulla con los pobres; poco malicioso, lo que podía echar a la bolsa no lo echaba a mala parte. Mi mujer era una picaronaza, y ella me disfamaba, porque dio en decir: «Dios me le guarde al mi Diego Moreno, que nunca me dijo malo ni bueno», y miente la bellaca, que yo dije malo y bueno doscientas veces. Y si está el remedio en eso, a los cabronazos que hay ahora en el mundo decidles que se anden diciendo malo y bueno a sus mujeres, a ver si les desmocharán las testas y si podrán restañar el flujo del hueso. Lo otro, yo dicen que no dije malo ni bueno; y es tan al revés, que en viendo entrar en mi casa poetas decía: «¡Malo!», y en viendo salir genoveses decía: «¡Bueno!»; si veía con mi mujer galancetes decía: «¡Malo!»; si veía mercaderes decía: «¡Bueno!»; si topaba en mi escalera valientes decía: «¡Remalo!»; si encontraba obligados y tratantes decía: «¡Rebuenos!». ¿Pues qué más bueno y malo había de decir? En mi tiempo hacía tanto ruido un marido postizo que se vendía el mundo por uno y no se hallaba; ahora se casan por suficiencia y se ponen a maridos como a sastres y escribientes, y hay platicantes de cornudo y aprendices de maridería, y anda el negocio de suerte que, si volviera al mundo (con ser el propio Diego Moreno) a ser cornudo, me pusiera a platicante y aprendiz delante del acatamiento de los que peinan Medellín y barban de cabrío.

-¿Para qué son esas humildades -dije yo-, si fuiste el primer hombre que endureció de cabeza los matrimonios, el primero que crió desde el sombrero vidrieras de linternas, el primero que ingirió los casamientos sin montera? Al mundo voy solo a escribir de día y de noche entremeses de tu vida.

-No irás esta vez -dijo.

Y asímonos a bocados, y a la grita y ruido que traíamos después de un vuelco que di en la cama, diciendo: «¡Válgate el diablo, ¿ahora te enojas?» (propia condición de cornudos, enojarse después de muertos). Con esto me hallé en mi aposento tan cansado y tan colérico como si la pendencia hubiera sido verdad y la peregrinación no hubiera sido sueño.

Con todo eso, me pareció no despreciar del todo esta visión y darle algún crédito, pareciéndome que los muertos pocas veces se burlan, y que gente sin pretensión y desengañada, más atiende a enseñar que a entretener.

FIN DEL SUEÑO DE LA MUERTE